SANDRA BIANCONI

A menina que sonhava com livros

Título original: *A menina que sonhava com livros*
Copyright © 2021 por Sandra Bianconi
Primeira edição: julho de 2021
Copyright da tradução para o italiano © 2021 por Sandra Bianconi
La ragazza che sognava i libri
Todos os direitos reservados.

Dados Internacionais de Catalogação na Publicação (CIP)
(Câmara Brasileira do Livro, SP, Brasil)

Bianconi, Sandra
    A menina que sonhava com livros / Sandra Bianconi.
-- 1. ed. -- São Paulo : Ed. da Autora, 2021.

    ISBN 978-65-00-21698-1

    1. Ficção brasileira I. Título.

21-63870   CDD-B869.3

Este livro adota as regras do novo acordo ortográfico (2009).
Os poemas de outros autores foram escritos antes das novas normas.
Pág.159: "Cânticos", Clarice Lispector.

Permaneça em contato!
Para conhecer as novidades, visite:
www.sandrabianconi.com

A menina que sonhava com livros

Sandra Bianconi

Apresentação

Neste período histórico da humanidade, no qual a maior democracia do planeta permaneceu por algum tempo assediada; em um mundo onde os manipuladores concretizam seus mais insaciáveis planos de poder com total aval das massas, fazendo-as acreditar que o melhor para eles é essencial para todos; onde a raça negra é impedida de respirar por racismo e quando nem todos perceberam a gravidade do delicado momento em que vivemos, nasceu Jacqueline.

Adoro pensar que este livro seja um conto de fadas. Porque é!

É um conto de fadas moderno, com todas as intrigas, dilemas e impasses da realidade, mas sem pretensão, senão a de acalentar e amenizar almas com sua história leve e autêntica, muito semelhante à nossa própria vida. Maria Jacqueline também possui intrinsecamente estas mesmas características, pois é uma garota romântica, sonhadora, inteligente e determinada, que quer viver a vida a seu modo – sem nunca tirar o pé da realidade.

Durante os meses de lockdown convivi com os sonhos, amores, tristezas e triunfos dessa garota e a vi crescer, tomando um rumo diverso em sua vida, o qual nem eu mesma havia imaginado quando nela pensei pela primeira vez, na primeira linha do capítulo inicial deste livro. Houve um momento em que ela saiu do papel para tomar vida. Ela pegou minha mão e me fez escrever o que ela gostaria de ser e de se tornar – pensando bem, fui ingênua ao pensar que eu poderia fazer dela o que eu bem quisesse – eu deveria ter imaginado que ela não me teria permitido. Desta forma, Jacqueline cresceu muito, inesperadamente. E eu, hoje, tenho muito orgulho dela.

Caro Leitor-Leitora... apresento-lhe Maria Jacqueline, a minha menina, que está para abrir-lhe as portas de seu mundo e dos seus sonhos para que, dele, você também faça parte.

Boa leitura!

Sandra

Toda a nossa vida

está resumida em nossos pensamentos

e na maneira como acreditamos

que somos capazes de enfrentar a vida.

"Eles te virão oferecer o ouro da Terra.
E tu dirás que não.
A beleza.
E tu dirás que não.
O amor.
E tu dirás que não, para sempre.
Eles te oferecerão o ouro d'além da Terra.
E tu dirás sempre o mesmo.
Porque tens o segredo de tudo.
E sabes que o único bem é o teu."

Cecília Meireles
— Cânticos —
Poesias Inéditas

Prólogo

Prólogo

*M*aria Jacqueline, ou simplesmente Jacqueline, a incurável romântica sonhadora, vive com os pés sempre nos ares. Mesmo porque está sempre dentro de um avião.

Aos dezoito anos recolheu em uma mala o que conservava com mais afeto em seu armário, além dos livros que mais amava e dos quais não conseguia se separar, e comunicou aos pais que iria morar sozinha na semana seguinte.

A notícia foi recebida por ambos como um raio em pleno dia ensolarado, e a transferência ao novo apartamento ocorreu entre a incredulidade de sua mãe e a total indiferença de seu pai. Precisava de espaço – físico e mental – para viver o caos ordenado que sempre habitou dentro dela, embora acreditasse e declarasse que queria partir apenas para viver a vida a seu modo. Faltavam-lhe alguns discernimentos, ou consciência, das características do próprio caráter que ainda não havia tido modo de tê-los testado, experimentado ou superado. Perdoada, dados seus poucos anos.

Procurava, encontrava e tinha sempre um pretexto para fazer uma viagem. Aliás, havia sempre uma viagem em seus planos, contada em horas, dias, semanas ou continentes. Como fez quando decidiu ir a Londres, por exemplo, assim que acabou a faculdade de Jornalismo, alegando que deveria colocar em prática tudo que havia aprendido no curso de Inglês, frequentado por muitos anos.

Verdade, apenas em parte.

Porque adora viajar, conhecer diversos povos e culturas é um ótimo motivo para colocar o indispensável em uma mochila (prefere-a às malas) e partir para enriquecer a própria experiência de vida, a sua "bagagem pessoal" – como ela mesma diz – com o objetivo de retornar com uma ótica diversa. Na verdade, sente a necessidade de nutrir a inata curiosidade presente no seu "eu" mais profundo, que entranha seu DNA. Como pode-se bem compreender, Jacqueline tem seu próprio modo de viver a vida, parte dos objetivos de cada uma de suas decisões.

A viagem já estava programada em sua mente criativa muito antes do final do curso e partiria assim que terminassem as aulas. Seus pais a ajudariam apenas com a passagem. Sua sobrevivência, em libras esterlinas, deveria ser por sua conta; esse era o acordo. Mas para ela não era um problema. Era apenas uma questão de "detalhes".

Inicialmente pensou em fazer o que qualquer turista faz quando decide trabalhar fora do próprio país: arranjar uma vaga em um McDonald's. Desta forma, ela conseguiria pagar as despesas e até economizar uns trocados para conhecer mais lugares; perto ou longe dependeria apenas do quanto conseguisse juntar. Então, era melhor pensar em algo que lhe pudesse garantir uma sobrevivência digna e decente – e por "digna e decente" entenda-se encontrar um jeito de poder viajar mais lá também. Um plano no plano, mais viagens na viagem.

Sendo assim, criou uma longa lista de soluções com as quais poderia ocupar-se. Todas naturalmente excluídas, por uma razão ou outra. Na verdade, o que ela gostaria mesmo de fazer era trabalhar como babysitter ou petsitter, cuidando de alguma criança, cachorro ou gato. Um ser vivo, em poucas palavras. Desde que filhote.

Divertia-se em pensar de ter que sair pelas ruas caminhando meio desengonçada e atrapalhada, arrastada pelas coleiras de uns dez cachorros, no mínimo, que, latindo nervosamente, procuravam direções diversas ou, pior ainda, o próprio poste. Igualzinho às cenas que via nos filmes e que lhe faziam sempre rir. Nunca entendeu porque colocava-se sempre no lugar da protagonista dessas cenas (em cenas assim normalmente ela via apenas moças).

Sorria também dessa sua ideia, embora admitindo que seria, sem dúvida divertido, mas da mesma forma improvável por uma simples razão: Jacqueline sempre teve medo de cachorro. Por conseguinte, precisaria só esperar que a matilha lhe obedecesse e que, principalmente, decidisse não mordê-la; todos sabem que os cachorros têm comportamento reativo. Então, pensando bem, era melhor pensar em outra alternativa.

Nunca enfrentou um problema como tal, mas como um desafio que deveria ser vencido, pois acreditava que todos os problemas intrinsecamente já trazem consigo também a própria solução. Bastava apenas olhar aquela circunstância com olhos diversos para encontrar os novos modos de enfrentá-la, sem focalizar apenas o problema, como tal, ou nele fossilizar-se, como geralmente fazemos. "Pura perda de energia", segundo ela. "Não leva a nada. Só aumenta ainda mais o problema, dando muita dor de estômago", expressão que, neste caso, não era seu simples modo de falar. Ela sofre mesmo de gastrite crônica.

Dessa forma, Jacqueline desvencilhava-se muito bem em todos os novos contextos – este é o desafio de cada problema, meu caro Watson: encontrar a sua solução, existente, mas escondida. Apenas uma ideia, um modo de pensar, mas que mudava todo um conceito. Nesta ótica, uma situação problemática ou emaranhada para ela era uma situação cheia de novos detalhes que precisavam ser antecipados e desenodoados. Simples assim.

Havia prometido a si mesma que não pediria ajuda financeira a seus pais durante a permanência na capital londrina sob circunstância alguma, como um verdadeiro ponto de honra. E assim fez. Não apenas por dignidade, embora tivesse tanta, mas porque logo encontrou um modo de ganhar algumas libras sem precisar desemaranhar-se por entre longas coleiras e curtas patas de cachorros ou empurrar carrinhos de bebês no caótico e perigoso tráfico de Londres – "cuidar dos filhos dos outros é já uma enorme responsabilidade em uma cidade *normal*, imagine onde tudo é ao contrário. Não daria certo." - Tinha essa certeza. Sendo assim, resolveu apostar, de novo, na diferenciação, o seu método seguro, vendendo brigadeiro nas filas de ônibus, cinemas e onde quer que visse uma pessoa – sozinha, em companhia ou em grupos.

Ainda no computador em seu novo apartamento leu um artigo sobre um brasileiro que conheceu 29 países com a sua consorte vendendo brigadeiros apenas três horas por dia. O estalo de criatividade desse nômade empreendedor – vender docinhos em uma caixa de ferramentas – poderia ser mesmo interessante e até facilmente copiado e realizado sem restrições.

O baixo custo do investimento inicial, sem contar a facilidade de continuação das vendas, certamente não a impediria de tentar por razões muito simples: primeiro porque o leite condensado, chocolate e manteiga ela encontraria facilmente em qualquer supermercado (era muito exigente quando se propunha a fazer algo); segundo, mas não menos importante, porque o tempo necessário para a preparação era mínimo. As vantagens superavam em muito as expectativas, sobretudo pela sobrevivência garantida.

Assim sendo, poderia frequentar as aulas serenamente trabalhando apenas algumas poucas horas por dia, dispondo do dinheirinho extra que lhe permitiria continuar viajando, pois era para isso também que viveria algumas semanas na cidade banhada pelo Rio Tâmisa. Estudar e viajar – unir o útil ao agradável – sem distinguir exatamente qual era qual. Os dois, úteis, os dois agradáveis. Com tantos pontos a favor, passou a interessar-se cada vez mais a esta forma de trabalho, que já considerava seu mais novo projeto.

Outro ponto a favor dessa ideia era que Jacqueline não precisaria implorar para vender seu produto, o que seria aborrecido e desgastante, além de pouco lucrativo. A ideia, que se apresentava interessante para ela também, pareceu-lhe ainda mais atraente quando pensou que provavelmente o inglês não conhecesse o típico doce brasileiro que ela poderia mostrá-lo. E vendê-lo.

A lista daquele atípico empreendedor não elencava os países nos quais havia ativado esse grande plano. O artigo comentava apenas que a venda fora realizada com sucesso em Portugal e Jacqueline passou a esperar que ele não houvesse iniciado justamente em Londres. Em poucos dias o resultado das suas vendas lhe mostrariam se o seu predecessor havia empreendido também na Inglaterra, o que seria muito provável. Nesse caso, nenhum problema: implementando uma pequena troca de ingredientes, poderia oferecer beijinhos de coco na mesma regra de base, e "e este o inglês ainda não conhece".

Com pequenos ajustes a atividade empresarial seria confirmada com fórmula segura também neste caso, fazendo Jacqueline acreditar que a ideia fosse realmente promitente porque não encontrava "detalhes" complicados. Portanto, este parecia ser o melhor plano até o momento, mesmo porque era o único "melhorzinho".

Havia em mãos um intento não apenas promissor e plausível como também divertido, e não somente em sua imaginação. Agora deveria organizar os meios com os quais atuá-lo, como passo sucessivo: deveria encontrar uma caixa de ferramentas onde acomodar os docinhos, que também não parecia nem dificultosa nem custosa, além da roupa adequada que chamasse a atenção das pessoas, primeiro, para facilitar e contribuir com as vendas, depois.

Empenhava-se em planejar cuidadosamente os detalhes porque a quantidade de viagens que conseguiria fazer dependia exclusivamente do êxito desse empreendimento. Tratando-se de assunto de tal importância era melhor dedicar-se muito.

Quando lá chegou, com o espírito empreendedor altamente motivado, diariamente vestia o macacão (semelhante àqueles usados pelos operadores de manutenção), além do boné, para vender todos os docinhos que diligentemente conseguisse inserir na caixa de ferramentas (que pintou com o mesmo tom de azul, forte e quase brilhante do seu macacão).

Ela entrava nas lojas, ou se aproximava das pessoas em filas, sentadas nos bancos das praças ou simplesmente paradas, transformando-as em potenciais clientes, repetindo o jargão que parecia funcionar.

— "Hi! My name is Jackie" (escolha estratégica: havia mais familiaridade no diminutivo para o inglês do que no formal Jacqueline). Estou aqui para reparar seu dia. Você não gostaria de começar o dia (ou terminar, dependendo do horário da venda) com alegria? Essa bolinha de chocolate tem um poder especial. O seu nome é brigadeiro e contém 20 gramas de alegria a quantidade necessária consertar toda a sua jornada. Quanta alegria você quer hoje?

A inusual pergunta, perfeitamente aliada ao efeito estranheza de ser abordado(a) por uma moça com rosto de belas linhas simétricas, bem maquiada, usando um bonito batom vermelho, sob um boné azul real bem aceso e roupa tipicamente masculina no mesmo tom, começou a trazer resultados.

Uma oferta que agradava tanto o paladar geral quanto era visualmente atraente para os homens, tornando-se irrecusável também pela inata simpatia de Jacqueline. Diferenciação – a eterna palavra-chave que sempre guiou seus pensamentos e atitudes. Mera questão de detalhes.

Foi assim que a garota-brigadeiro conseguiu não apenas estudar, pagando todas as suas despesas, como também a dispor de mais libras esterlinas do que teria imaginado para fazer as viagens que gostaria já na primeira semana do seu mês de "estudos". A ousadia sempre teve o poder de mudar toda uma situação.

Foi fácil deixar o apartamento onde morava em São Paulo para conviver com o casal inglês ainda jovem, apesar dos quatro filhos pequenos. Até aqui nenhum problema. O que Jacqueline nunca teria imaginado é que o problema maior do seu período de estudos em Londres estaria dentro daquela casa londrina construída com tijolinhos marrom escuro, que orgulhosamente exibia a sua linda varanda branca com janelas bay window no mais típico estilo vitoriano.

O problema – e não um detalhe – residia em seu novo quarto. E não se tratava do ambiente, extremamente pequeno, que mal acomodava as duas camas, as duas cadeiras e as duas caixas de madeira para frutas empilhadas (aquelas do supermercado mesmo, quatro, no total, ao lado de cada cama) com função de criado-mudo e armário. A questão espinhosa era cheinha, loira, com olhar glacial e estatura média. Seu nome é Heidi.

Heidi era a sua prepotente colega de quarto em seu ano sabático.

A paciência de Jacqueline, por viver sob o mesmo teto com uma pessoa que se sentia superior a tudo e a todos, em uma vida redimensionada, foi duramente testada naquele período. Culpa talvez daquele contrato anual, que tornava o comportamento da colega tão irritante.

Sendo a metragem livre do quarto tão escassa quanto disputada, aquela que deveria ser sua colega de quarto, ou pelo menos companheira de aventura, fez questão de mostrar-lhe nas mãos de quem estava o controle total daquele minúsculo reinado já nos primeiros momentos de convivência.

Entretanto, a falta de espaço naquele ambiente e a problemática colega de quarto não eram as únicas adversidades daquela casa. Era preciso conviver também com o enojoso carpete vermelho que forrava o piso de toda a residência, cuja instalação deveria remontar aos primórdios do reinado inglês, sem dúvida alguma.

Aliás, foi essa a primeira impressão de Jacqueline assim que colocou o pé dentro da casa. O odor de mofo, cuidadosamente impregnado e conservado por entre a sujeira dos fios amassados pelas muitas pegadas das várias vidas e inúmeras gerações lá vividas, ainda é claro em sua lembrança como uma Madeleine de Proust.

Por todas essas "surpresas" inesperadas é que a alegria de sua chegada naquela casa durou muito pouco. Assim que colocou suas malas no chão, exatamente, Jacqueline compreendeu que todos os centímetros cúbicos daquilo que ela chamaria de "meu quarto" nos sucessivos trinta dias estaria vazio ou desocupado apenas se chegasse antes da colega arrogante.

Somente para deixar claro quem fosse a primeira dama, a "colega" mantinha os próprios pertences perenemente espalhados pelo quarto. Deste modo, ambas passaram a levar muito a sério o simples colocar algo no chão, ou em qualquer lugar, que deixou de ser uma simples escolha para tornar-se uma verdadeira disputa territorial. Sem ter aonde apoiar os próprios pertences, se não quisesse caminhar pelo quarto como um soldado em um campo minado, Jacqueline precisava inventar modos e artimanhas para recuperar o espaço (in)existente.

As normais facilidades com as quais um ser humano qualquer convive, ou pelo menos deveria conviver, naquele quarto eram apenas uma quimera. Precisou habituar-se também ao fato de ter que colocar todas as noites o que deixava sobre a sua cama (armário de dia), embaixo. E para que não se pense que o sacrifício de Jacqueline fosse apenas esse, não poucas as noites nas quais precisou dormir com uma caixa ou uma sacola, ou ambos, ao pé da cama por pura falta de espaço, acordando com um "negócio" à sua frente.

Assustada, sem conseguir distinguir o que era, quando isso acontecia também gemia, franzindo todo o rosto por dor. A dor que repuxava o pescoço e a cabeça era terrível. Ela não conseguia se mover. Com a lucidez que lhe ia chegando cada vez mais a cada instante, finalmente compreendia o motivo pelo qual não podia se mexer quando, ainda debaixo das cobertas, batia as pernas ou a cabeça no que havia deixado em qualquer lugar, antes de deitar, naquele momento sobre o seu travesseiro ou no pé da cama; compreendia que, com muita probabilidade, havia dormido toda a noite em uma única posição porque "aquela coisa", gentilmente colocada pela colega finlandesa, havia-lhe impossibilitado qualquer tipo de movimento. Talvez a intenção da colega fosse proporcionar-lhe conforto espiritual enquanto dormia, porque conforto físico não era, de forma alguma.

Porém, a natural habilidade de Jacqueline em lidar com as pessoas – em qualquer tipo de relacionamento, porque conversava abertamente com todos, – acabou conquistando também a colega de quarto finlandesa que, aos poucos, passou até a ser mais organizada ao ocupar os espaços comuns disponíveis e mais generosa em suas intenções de concedê-los.

Nunca se tornaram verdadeiramente amigas. Entretanto, a vitória para Jackie foi total, com o passar do tempo, quando Heidi chegou até mesmo a apoiar uma mala sobre a outra apenas para liberar algum espaço a mais para a então quase amiga brasileira – algo antes impensável, como bem se pode imaginar.

Ao constatá-lo, Jacqueline não se conteve: envolveu a finlandesa em um abraço, aparentemente sem motivo, que permaneceu petrificada por alguns instantes sem conseguir disfarçar a sua repulsa. Manifestações muito eloquentes para o seu caráter frio e distanciado, que Jackie não conseguiria modificar nem em muitos anos de amizade.

Uma que adora abraços, talvez por ser brasileira, outra, bem mais reservada em relação às próprias manifestações sentimentais, não exatamente por ser finlandesa. De qualquer modo, apenas uma das tantas incompatibilidades às quais ambas se adaptaram para melhor conviverem. As duas ensinaram e as duas aprenderam, como sempre acontece na vida.

Minúcias – mas nem tanto – dos tempos vividos em Londres, sempre relembradas quando Jacqueline comentava suas peripécias londrinas. Tantas!

$$-\int-$$

Sua vontade arraigada à alma de conquistar o mundo, construindo passo a passo a carreira que sempre sonhou e quis, conduziu-lhe à etapa sucessiva.

Com data de passagem marcada apenas dois dias depois da chegada a São Paulo, de Londres, partiu novamente para fazer a sonhada especialização em uma das faculdades mais renomadas do setor por três meses em Toronto. Desta vez no campo do Jornalismo, e desta vez era verdade. Estava mesmo procurando um curso. Mas trabalharia lá também. Precisava só começar a pensar no que fazer.

Seguindo a fórmula de sempre – a diferenciação que a distinguia – divertia-se em planejar sua vida mentalmente, sonhando e buscando. Cursos à parte, o diploma da faculdade deveria ser apenas o primeiro passo. Não lhe bastava o canudo, pois não queria um pedaço de papel emoldurado com vidro pendurado e ostentado em uma parede qualquer para ter que tirar o pó de vez em quando.

"Qualquer um pode tê-lo", comentava com certa indiferença, pelo menos assim poderia pensar quem visse o modo com o qual se expressava. Na verdade, não era descaso; era pura banalidade para Jacqueline. Ela nunca gostou de coisas muito simples.

Esta sequência planejada como um movimento em um jogo de xadrez, com os cursos em Londres e Toronto (sim, cursos, porque esse era o título do certificado ou diploma que recebia entre uma viagem e outra) era considerada apenas o começo de tudo, o ponto de partida para dar ao próprio currículo a importância que almejava. Portanto, para Jacqueline, sair do mesmo patamar de onde todos partem e permanecem, por medo ou acomodação, era mais do que a sua filosofia de vida.

Além do mais, aproveitaria também para estar um pouco com sua irmã mais velha que mora em Toronto; há alguns anos conheceu um canadense que lhe roubou o coração e a cidadania. Quando Maria Paula nasceu, sua mãe já desejava a sua segunda filha. Sonhava em formar as "três Marias" e conseguiu: Maria Isabel, que trouxe ao mundo Maria Paula e Maria Jacqueline para brilharem na mesma família.

Para a sua viagem ao Canadá não haveria tempo para desfazer completamente a mala usada em Londres. Sabendo disso, Jackie planejou tudo, exceto o tempo para secar as roupas usadas na viagem anterior que usaria também na sucessiva, dois dias depois. Como eram as que mais gostava, acabou por colocar várias peças úmidas na mala.

Somente à frente das vitrines das lojas de Toronto é que Jacqueline se arrependeu amargamente deste gesto impensado: as roupas molhadas tomaram o espaço daquelas mais baratas e muito mais na moda que poderia ter comprado em uma rua qualquer da capital canadense, ao invés daquelas que carregou com água na mala.

Pura ingenuidade na época, paga muito caro no aeroporto por excesso de peso que, como todas as experiências negativas, trouxera-lhe um grande ensinamento: nunca colocar muita coisa na bagagem. Primeiro porque nem sempre dá tempo de usar tudo e, segundo, talvez o mais importante, fazer compras é divertido em qualquer lugar do mundo, já que ninguém viaja para fazer um curso para ermitão em florestas ou cavernas e muito menos praticar a solidão em desertos. Pelo menos até agora ela não conhece ninguém que o tenha feito. E sinceramente nem eu.

Como estudar nunca lhe apresentou empecilho algum, graças à sua boa memória e também porque lê muito, Jacqueline sempre aproveitou todas as ocasiões que surgiam, ou que buscava, para viver novas experiências que, de outro modo, nunca teria vivido. Estudar era o seu fio condutor, que a conduzia a novas aprendizagens, experiências e divertimentos, o mesmo que a conduzia a alcançar também seus objetivos, independentemente de tratar-se de uma viagem por ou com estudo.

Aproveitava ambas as ocasiões também porque queria ter mais. Era consciente que podia oferecer mais, consequentemente exigia mais. Inclusive di si mesma. Essa era a linha que guiava suas metas e objetivos, com passos e movimentos talvez não bem planejados, mas que sempre a levavam a concretizar seus objetivos, de um modo ou de outro.

Adora ler. Não lembra a época em que ainda não sabia ler em sua vida. Ler para Jacqueline é como respirar: algo inato, mecânico e involuntário. Por este motivo nunca conseguiu pensar em um futuro à base de números ou em uma ocupação qualquer que a mantivesse longe da presença de um aglomerado de folhas com muitas letras impressas. Livros, que para Jacqueline são companheiros, assim como os grandes amigos. Um livro tem seu próprio peso, odor, forma, aspecto e história, assim como as pessoas. Não poderia estar longe dos livros que tanto ama.

Talvez soubesse ler há pouco – era ainda muito pequena – mas recorda vivamente as sensações que experimentava quando, sentada no banco de trás do carro, permanecia magnetizada observando o pequeno símbolo verde daquele imenso e largo prédio de muitos andares que lhe passava pelos vidros laterais do automóvel quando ia com seus pais visitar seus avós. Passava muitas vezes por aquele local e a mesma emoção se repetia em cada uma dessas ocasiões. Não conseguia desviar o olhar daquela enorme construção, sede de uma das maiores e mais famosas editoras no Brasil, que anulava tudo que o resto do percurso lhe mostrava. Permanecia imóvel ao admirá-la não porque fosse grande ou famosa, mas porque era uma editora. A única que conhecia na época. Gostava da sensação que seu coração lhe transmitia e ele lhe dizia que queria trabalhar lá dentro. De todos, aquele era o percurso que mais gostava, porque apenas aquele símbolo verde que a representava, fixado no teto, era capaz de trazer-lhe uma alegria estranha, como aquela de um sonho que preenche todo o nosso coração.

Gostava também da padaria próxima à casa de seus avós que enfornava doces deliciosos. Entretanto, notava ambos os estabelecimentos de modo completamente diverso: em um gostava de entrar; no outro queria ficar.

Jacqueline não sabia o que precisaria fazer se trabalhasse em uma das salas daquele prédio bege. Não tinha a menor ideia de como seria um dia de trabalho dentro de uma editora, mas sabia que deveria ser muito interessante porque lá havia muitos livros. A única coisa que sabia era que ali poderia passar toda a sua vida. E isso lhe bastava para continuar a admirá-lo.

Trabalhar com livros sempre foi o seu sonho. Era uma espécie de certeza, embora instintiva. Seu coração lhe dizia que esta seria sua estrada na vida. Por este motivo ela não encontrava um plano B. Não havia um plano B. Era só isso que ela realmente queria fazer por toda a vida. Estar em meio aos livros – que, de um modo ou de outro também seriam seus. Maria Jacqueline sempre sonhou em trabalhar em uma editora.

Por muitas vezes pensou que talvez fosse interessante também trabalhar na redação de um grande jornal como jornalista, mas ela queria estar no meio de livros, não de jornais. Entretanto, o curso que provavelmente lhe abriria mais portas, dando-lhe maiores chances para a carreira que mirava em uma editora, era o Jornalismo. E vivendo antecipadamente as alegrias do futuro, iniciou o curso universitário em uma das renomeadas universidades paulistas. Sua motivação era irreprimível porque sabia o que queria e a vida pulsava no ritmo que ela determinava.

Todavia, o segundo ano daquele curso universitário titubeou essa alegria e não pouco, contagiando essa certeza, absoluta até o momento. Nunca acreditou que uma faculdade poderia ser aborrecida. E aquela era. Ela queria sim ser jornalista, mas o que lhe ensinavam não lhe interessava. Então, se o curso de Jornalismo lhe oferecia a mesma oportunidade de estar entre pilhas e pilhas dos livros que tanto amava, o que havia de errado?

A teoria.

Jacqueline nunca gostou muito de teoria. Na teoria sempre faltou a prática, que era o que ela gostava. Queria aprender, mas, amante do "deixa eu ver como se faz isso", preferia a autodidática, até mesmo porque a paciência nunca fora o seu forte. Brincava sempre com seu pai dizendo-lhe que ele, a palavra "paciência", havia cancelado do próprio dicionário; é bem verdade quando dizem que vemos nos outros os nossos próprios defeitos.

Assim, o curso a havia decepcionado. Tanto que, no final do segundo ano, exatamente uns dias antes da inscrição para o terceiro, esta crise chegou de modo arrebatador. Foi quando ela sentou à mesa para conversar de modo sério com sua mãe, sempre pronta para ajudá-la em qualquer uma de suas dificuldades – financeiras, reais ou imaginárias.

— Mãe, vou abandonar a faculdade. Esse curso é muito teórico. Você sabe que não tenho muita paciência com isso. Não estou aprendendo o que eu queria ou esperava. Vou mudar de curso.

— Mas Jackie, você já fez o pior... já completou dois anos – agora está na metade. Não pense que ainda faltam dois anos. Digamos que esse ano não conta. Você vai terminá-lo muito antes do que pensa e então só faltará o ano que vem. Pense que praticamente tem apenas mais um ano pela frente. O raciocínio, exposto de modo simples, teve efeito imediato em Jacqueline.

Muito aberta e compreensiva, sua mãe conseguia sempre encontrar uma solução, ou pseudo tal, à qual ela ainda não havia pensado antes. O problema maior do momento era abandonar a faculdade, que ela não queria porque estaria ainda no ponto de partida; havia só perdido tempo. E sem hesitar um minuto, acatou a ideia de terminar aquele curso, tão teórico e aborrecido quanto necessário, pensando apenas que todo o ano letivo que ainda estava por vir já estivesse praticamente realizado.

Na verdade, ela sabia que precisava daquele diploma, então, olhando tudo de modo diverso, não deveria ser assim tedioso ou maçante – pelo menos estaria entre os livros. Dessa forma, acabou por encontrar o único sentimento que criou o caminho, ou atalho, para enfrentar a situação: focalizar o outro lado da (enfadonha) situação. Às vezes é mais fácil; outras, necessário. E para Jacqueline era questão de facilitar o que deveria ser feito naquela fase de sua vida.

Com essa nova motivação, terminou o curso e recebeu o diploma que finalmente lhe daria a possibilidade de entrar no mercado de trabalho que escolhera para, um dia, trabalhar em uma editora, como havia pensado, planejado e principalmente sempre sonhado. Mas nisso tudo havia apenas um detalhe complicado em sua vida.

O detalhe complicado em sua vida é o seu atual namorado.

Não que os outros tivessem sido um pouco melhor, que isto seja claro, mas este é decisivamente muito mais complicado do que os outros poucos que teve até então.

Frequentando a mesma sala de aula durante o curso de Jornalismo, Ticiano conquistou o coração de Jacqueline por puro desprezo. Conheceram-se melhor quando ele começou a dedicar alguns minutos do intervalo, ou das aulas mais chatas, para explicar as noções de Direito que, na época, na classe inteira, só ele compreendia realmente. Era um dos poucos que conseguia decifrar a matéria talvez por sua natural habilidade em falar e conduzir o discurso e a mente das pessoas para onde bem quisesse ou intencionasse. Ela, por sua vez, queria trabalhar como jornalista, não como advogada, portanto, com o Direito não se preocupava porque não lhe interessava; pouco ou nada faria com ele em sua vida.

O que logo seria um grupo iniciou com um único colega de classe, que havia o mesmo interesse ou menos até de Jacqueline pela matéria. Este amigo chamou outro amigo, que por sua vez trouxe duas amigas que, por necessidade ou diversão – Ticiano sempre aproveitou o corpo ágil que lhe dava aquele belo aspecto tão apreciado pelas mulheres – trouxeram mais três companheiras de classe, que, por sua vez, chamaram Jacqueline. Foi assim que se aproximaram, por sorte ou por destino. Até hoje Jacqueline acredita que tenha sido mais por obra deste último. Sorte, pouca.

De qualquer forma, a coisa não parecia simples para ela nem nas provas de Direito, que detestava e seguia sem querer entender, nem na relação com Ticiano, sempre distante, e definitivamente muito mais difícil de compreender.

No início Ticiano a irritava, sem explicações. Bastava olhar para ele para ficar nervosa. Todas as mulheres sabem que quando sentem raiva gratuita por um homem, esse sentimento acaba por mutar-se em seu oposto contrário. O amor. Foi isso que aconteceu entre eles, mas o nervoso do início aumentou muito mais quando Ticiano e seu fiel amigo Murilo substituíram as aulas de Antropologia pelo bar da esquina (muito mais frequentado).

O catedrático havia largado a batina para casar-se, mas não conseguiu abandonar o vício de monologar sobre qualquer assunto, da atualidade (era especializado nisso) ou da antiguidade, exceto a matéria a qual lhe permitia estar sentado naquela cadeira por cinquenta longos (e infindáveis) minutos.

Aula após aula empenhava-se em subdividir a narração dos eventos ocorridos na própria vida em fases e subfases, comentando com detalhes os motivos que o levaram a abandonar a túnica, os quais ninguém ouvia. Até mesmo porque falava muito baixo.

Era patético vê-lo monologando junto com o tagarelar de toda a classe sem que ele pedisse silêncio ou resolvesse ministrar ensinamentos para chamar a atenção dos alunos. Essa preocupação não existia para ele não apenas porque estava muito próximo à pensão, e com muita probabilidade havia exaurido a paciência e a vontade de ensinar, mas principalmente porque os alunos encontrariam toda a matéria na apostila que ele próprio havia escrito e que todos deveriam comprar para "acompanhar" suas aulas.

Porém, o momento que transformara definitivamente o nervosismo de Jacqueline em relação a Ticiano para um sentimento muito diverso chegou em forma de estranho convite.

— Jackie, vamos tomar uma cerveja no buteco do Pablinho lá na esquina? Não pense que estou te chamando para um encontro, tá? Que fique bem claro isso. É só uma cerveja...

O desprezo agiu em favor de Ticiano.

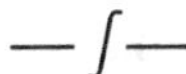

— Verônica, como pessoa sensata que é, principalmente por ser minha melhor amiga, tem que ser sincera. Olhe bem para mim! Tem algo errado comigo? Acha que um cara gostaria de sair comigo?

— Por que me pergunta isso? Tem espelho na tua casa?

— É que o Ticiano me disse que não queria sair comigo e me fez pensar... praticamente me fez um "convite não convite".

— Se ele não quer sair com você é problema dele. Pense no Cássio, por exemplo – te ronda há anos e você nem olha para a cara dele.

— Mas o Cássio é diferente. Ele não abre a boca; parece um fantasma. Fica só rondando, e quando percebo já está do meu lado. Mudo.

— Ele pavoneia muito, isso é verdade. Investe nos músculos para te conquistar.

— Sabe que nunca ouvi a voz dele? Isso te parece normal?

— Todos parecem normais até que você os conheça. É a tática dele. Ele ostenta e investe na masculinidade. Isso não dá para negar porque ele tem mesmo. Por isso não abre a boca: ele acha que o corpo pode fazer muito mais do que a sua voz faria na hora da conquista.

— Ou então porque não tem mais nada do que músculo para mostrar... tatuado daquele jeito! Ele é mais preto por toda a tinta que carrega na pele do que por todo sol que toma. E olha que está sempre na piscina! Para mim ele acabou virando uma pre-sença misteriosa que perambula...

— ...ao teu redor! Viu as fotos que postou no Facebook? Às vezes ele exagera, como essa última – está com um shortinho que mais um pouco... agora ele fez um tatoo na barriga da perna. Já viu? Está com essa parte aqui cheia de triângulinhos, um preto, pintado, outro vazado, invertido; um pintado, outro...

— Não te interessa, mas repara, né?

— Claro! Ele mostra e eu olho. Por quê? Você não?

— ∫ —

Jacqueline destaca-se das outras mulheres.

Chama atenção também pelos seus cabelos castanhos compridos, cuidados e tratados, levemente ondulados com muitos reflexos, mas algo em sua aparência a torna intrigante. Talvez a sua energia envie alguma mensagem oculta e imperceptível aos homens que respondem com interesse maior do que o normal em relação às outras mulheres. Nem ela mesma consegue decifrar o que é. São eles que captam esse detalhe enigmático e a procuram.

Para ela tornara-se habitual receber só atenções; nem repara mais nos olhares, palavras e manifestações de desejo que, obviamente, aprecia, apesar de não fazer absolutamente nada para recebê-los. E não gosta quando um homem passa ao seu lado com total indiferença; a sua insegurança lhe faz pensar que o seu fascínio tenha terminado.

Ticiano, observador como é, saiu da massa, usou artilharia pesada, apostou no desprezo e ganhou um sim imediato ao convite para um jantar. Todavia, o primeiro encontro entre eles também foi uma situação mais delicada do que o normal; talvez outro sinal do destino (tudo entre eles parecia ser culpa deste famigerado acaso).

— O convite de um homem para jantar com uma mulher em um restaurante tem um nome, Tiz – chama-se "encontro".

— Bom, digamos que você tem razão, mas não é bem assim. Só te fiz uma pergunta — se você queria jantar comigo. Você respondeu que sim, então não é um encontro, é uma resposta. Vamos nos encontrar em algum lugar para comer, então vamos jantar. E vai ser uma surpresa — porque ainda não sabemos onde ou o quê vamos comer, certo? Além de tudo, para mim será também uma oportunidade para estrear meu tênis novo. — O sorriso malicioso permaneceu em seu rosto enquanto olhava para ela, tentando não dar importância ao que acabara de dizer.

—Já ouvi muita cantada estranha, mas ser convidada para jantar porque quer usar o tênis novo... é a primeira vez! Você não tinha um argumentinho melhor do que esse, não?

O argumento de Ticiano realmente não foi bom, mas obteve resultado. Jacqueline estava de frente para o seu armário de roupas. Desesperada.

— Preciso ir na Zara. Não tenho nada para colocar e... ah não! Por que o telefone sempre toca nas horas mais improváveis? Estou mais do que atrasada...

Jackie se girou em um movimento rápido e deu pequenos pulinhos nas pontas dos pés para desviar dos três pares dos sapatos que aguardavam ser escolhidos para aquela noite. Cada vez que os olhava sentia-se ainda mais confusa na escolha da roupa. Alguns sentiram o toque do seu pé e tombaram de lado como pinos de boliche; perderam-se os pares. Continuou saltando, com uma perna de cada vez, até a tomada da sala onde havia deixado o celular carregando.

— Eu preciso ligar para você se lembrar de mim? — o tom de voz do outro lado da linha parecia sério.

— Oooooi! Ehm... não posso falar com você agora. Eu estou... o chuveiro está ligado e eu estou nua com um pé dentro do box.

— Então, já que vai sair, aproveite e passe aqui, que teu pai e eu estamos com saudades. Faz tempo que não te vemos.

— Acho que não vai dar para passar aí agora não, mãe.

— Você vai sair com alguém? Posso te perguntar com quem?

— Nada de especial - é um amigo da faculdade. A gente vai sair para comer alguma coisa. Só isso. Não coloca coisa na cabeça como sempre, tá?

— Jackie, olha, se você...

— Mãe, o chuveiro tá ligado e a água escorrendo. Agora não dá mesmo, senão vou me atrasar. Preciso desligar. Te ligo e passo aí. Prometo...

Desligou o telefone e voltou correndo e bufando à frente do

espelho, mais desesperada do que o minuto anterior. Jacqueline começou a tirar as roupas do armário fazendo combinações ainda menos prováveis no mais puro desespero. Não havia terminado de abrir a última porta do armário para procurar alternativas mais decentes para vestir quando o interfone tocou. Era Ticiano.

$$—ſ—$$

A escolha do restaurante não foi a grande surpresa da noite. Muito pelo contrário. Sem conseguir comer tudo o que tentava levar à boca, Jacqueline observava Ticiano manusear com agilidade e firmeza os hashi por entre os dedos. Olhando ao redor do salão, ela encurvou o busto sobre a mesa e abaixou o tom de voz para fazer-lhe uma pergunta.

— Vamos esclarecer uma coisinha? — disse com um sorriso levemente malicioso. — Se bem me lembro, você disse que me faria uma surpresa. Fazer malabarismo com esses pauzinhos - essa é a surpresa?

— Eu achei que iria gostar do lugar...

— Mas eu gostei! Só que não tenho a mesma facilidade que você — outro sushi caiu prato.

— Facilidade? - a risada de Ticiano saiu tão alta que o rapaz sentado à mesa ao lado virou-se para olhá-lo.

— Ok, está bem... não adianta... não consigo colocar na boca essa bolinha de arroz enrolada na fita verde com essas varinhas... vou usar esse truquinho em casa também - ajuda na dieta!

— Não é fita verde — abaixou a cabeça, sorrindo. — É alga! Experimenta essa, que delícia... — e aproximou um sushi com seus hashi à boca de Jacqueline.

— É um nome qualquer, Tiz. Para mim, deveria ser fita, que se come. Deixa eu ver se consigo fazer como você — esforçando-se na enésima tentativa mal sucedida. Desta vez o sushi caíra na toalha branca que cobria a mesa bem quando estava muito próximo à sua boca. Jacqueline ouviu novamente a sua risada alta.

— Como você consegue? — olhando o bolinho de arroz revirar-se com a mesma expressão no rosto de quando abre o capô do seu carro.

— Não precisa comer a fita, quero dizer, a alga. Olhe quantos tipos de peixe têm para escolher! — e fixando seus olhos, segurou a sua mão e abaixou o tronco para aproximar-lhe o rosto, repetindo o gesto da atraente Jacqueline. Abaixou o tom de voz:

— Se você olhar para o final da mesa vai notar que tem garfos e facas...

— Sério? Ah, então chega de masoquismo! Vou lá pegá-los!”

Jacqueline arqueou a sobrancelha, olhando-o; ambos riram. Levantou-se da cadeira, passando as mãos na saia plissada. Deu uma risadinha de susto por não ter visto o garçom carregando três pratos em um só braço que vinha em sua direção. Ficou de lado, para que ele caminhasse livremente.

Quando voltou a comer com garfo e faca tudo ficou mais simples, obviamente, embora o sabor da comida continuasse o mesmo. Preferiu não dizer nada a respeito. O jantar já estava bem “movimentado” para expressar um comentário não muito positivo a respeito.

— Quanto sacrifício à toa... agora consigo comer essa fita! Mas mudando de assunto, não vejo nenhuma tatuagem. Você tem alguma?

— Não, nenhuma. Você?

— Também não. Na verdade, queria fazer uma, mas não consigo me decidir.

— Confio na tua palavra e nem vou pedir para conferir — lançando o olhar rapidamente em seus braços nus, evidenciados pela blusa tomara-que-caia preta. Eu amo esse teu jeito espontâneo de ser, minha Fitinha. Amo teus olhos!

O jantar finalmente estava transcorrendo de modo normal mas, pouco depois, aconteceu o que nunca deveria acontecer. Muito menos em um primeiro encontro.

— A noite foi mais divertida do que eu esperava, Tiz, mas acho que tomei muito desse sakê. Não estou me sentindo muito bem. Estou toda enjoada. Preciso ir até o banheiro.

Jacqueline levantou-se sabendo que já era tarde. Ticiano viu o quanto ela estava pálida e levantou-se também, logo em seguida, praticamente um segundo depois, para segui-la.

— Preciso chegar rápido ao banheiro, Tiiii - onde é?

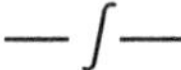

— Não é possível, Jacqueline! — conta. E ele? O que ele fez? — a amiga ria de gosto.

— Nada. Ele só me dizia para ficar tranquila. Repetiu isso não sei quantas vezes. E você não viu a cara do...

— Essa foi demais! Vomitar no pé do Ticiano no primeiro encontro!?!

— Não foi no pé, Verônica. Foi no tênis dele. O novo.

Primeira Parte

Os poemas

Os poemas são pássaros que chegam
não se sabe de onde e pousam
no livro que lês.
Quando fechas o livro, eles alçam vôo
como de um alçapão.
Eles não têm pouso nem porto;
alimentam-se um instante em cada
par de mãos, e partem.
E olhas, então, essas tuas mãos vazias,
no maravilhado espanto de saberes
que o alimento deles já estava em ti...

Mário Quintana
Esconderijos do tempo

$\mathcal{P}$ensava, buscava, sonhava e realizava.

Provavelmente nem sempre nessa mesma ordem, mas, quando trocou a sala de aula do curso de Jornalismo pela sala ao lado da proprietária, Jacqueline demonstrou, mais uma vez, que havia bem claro em sua mente o que queria para a própria vida.

"Maria Jacqueline Pellegrini – Assistente editorial", lia-se na plaquinha dourada afixada na porta de sua sala no seu primeiro emprego.

Havia concretizado o seu sonho de trabalhar em uma editora.
Por ser pequena, recém-criada, ela faria um pouco de tudo. Ou melhor, deveria fazer tudo de tudo. Trabalhar na Só Letras significava assumir vários cargos e ter muitas responsabilidades ao mesmo tempo, mas, entre todas, a que mais gostava era no

campo editorial – trabalhando também na Redação, era ela quem lia e escolhia os manuscritos que seriam transformados em livros.

Ao avaliar uma obra, Jacqueline aproveitava também a sua experiência como leitora, colocando-se comodamente nesta posição através de sua ampla percepção da realidade no mundo dos livros e da leitura em geral. Como sempre leu muito, sabia o que poderia ser interessante para o público e, de consequência, para a editora. Sendo assim, o seu hábito de ler muito contribuía, compensando a sua falta de experiência, nesta grande responsabilidade.

Seu amor à leitura, talvez por nunca ter desprezado um romance, uma poesia, uma crônica, uma embalagem qualquer ou até mesmo uma bula de remédio pelo simples prazer de ler, ajudava-lhe a mover os envelopes de originais enviados à Redação da pilha do "não, apesar de ser uma história interessante", para a "interessante/ler até o final". Fazer a primeira avaliação dos originais era tudo que sonhara fazer em uma editora.

Por outro lado, a proprietária era uma mulher vil que, sem saber o que fazer da própria vida, decidiu entrar no mercado editorial quando o marido perdeu o emprego no escritório contábil onde trabalhava como advogado. Para ela, esse era o investimento menos custoso na época – pensou que bastaria alugar um pequeno apartamento no andar térreo de um prédio antigo na periferia da cidade para iniciar um negócio. Frutuoso, seu real e único objetivo. E assim fez. Só a partir de então é que começou a pensar que as pessoas deveriam ler mais.

Sem a mínima preparação ou conhecimento do setor, com o passar dos dias Elênia Giusti percebeu que necessitava de uma assistente. Nem tanto pela quantidade de serviço a fazer, mas pelo como, já que de livros ela lembrava que ouvira falar algo a respeito e sabia que serviam para alguma coisa, mas que no momento não lembrava o quê, exatamente. Sabia apenas que poderiam trazer-lhe lucros, pois podem ser vendidos.

Na verdade, restava admirada ao constatar um fato que lhe parecia realmente muito estranho: a imensa quantidade de pessoas que compram livros com regularidade. Não entendia (nunca conseguiu compreender) o motivo pelo qual as mulheres substituíssem uma tarde no shopping com amigas (amigas, especificamente, por serem as mulheres as únicas que leem, em sua opinião; achava difícil imaginar um homem com um livro em mãos) por horas passadas em silêncio e sem companhia alguma à frente de um livro. Porém, agora, faria absolutamente de tudo para incentivar a leitura.

Como típica empreendedora desejava transformar a Só Letras em um negócio de sucesso, quem sabe até uma das mais importantes editoras do mercado, apenas para contar os muitos zeros a mais que entrariam em sua conta bancária. Entretanto, os meios com os quais passou a atuar em pouco tempo para atingir os próprios objetivos, bem diversos dos róseos e dourados do seu agora braço direito, nem sempre foram o exemplo da típica empreendedoria.

Uma via só letras à sua frente. A outra, números. Nesse modo, nunca foi fácil para Jacqueline misturar o lucro almejado pela empreendedora ambiciosa com o sonho da maioria dos autores iniciantes de ver o próprio livro publicado. Muito pelo contrário – quase sempre era uma questão explosiva.

Esse era um dos motivos pelos quais não havia rotina em seu trabalho: trabalhava muito porque queria equilibrar esses dois pratos da mesma balança, além de estar sempre sobrecarregada com as mil preocupações e ocupações que lhe eram incumbidas diariamente.

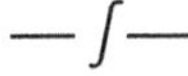

A mensagem que recebeu do namorado durante o trabalho a deixou um pouco desconcertada. Mas era verdade; desta vez Ticiano estava reclamando com razão. Faziam isso quando um dos dois sentia a necessidade de aproximação: pegavam um tempo onde não existia ninguém mais no mundo além deles dois. Estranho que dessa vez tivesse sido ele a pedi-lo porque, geralmente (sempre), era ela quem o fazia.

A mistura de surpresa e alegria ao receber a mensagem fez Jacqueline pensar que a relação de mais baixos do que altos, onde ela fazia de tudo para mantê-la, poderia estar finalmente tomando um rumo diverso. E com um "quem sabe agora ele queira dar a importância que merece à nossa relação" no coração começou a pensar em algo muito especial para a noite, que deveria ser bem mais requintada do que todas as outras que preparara até então.

Foi isso que aconteceu. Mas não exatamente do jeito que ela havia pensado ou planificado.

Com a resposta afirmativa do namorado, para aquela noite especial Jacqueline queria comprar algo bem diferente na rotisseria próxima à editora, onde sempre encontrava uma grande variedade de pratos para preparar um jantar romântico. Assim, foi embora pontualmente no horário de saída, o que era anormal para ela; depois das seis era o momento que podia trabalhar sem pensar em responder e-mails ou atender telefonemas.

Entre mil dúvidas, optou por medalhões de mignon em crosta de pimenta rosa servido com risoto de morangos ao espumante moscatel. Valia a pena experimentar não só porque parecia diferente, mas pelo apetitoso aspecto com o qual fora apresentado.

Para o doce, a decisão foi rápida e certeira: crumble de frutas vermelhas. Ticiano comeria um inteiro, se não fosse a sua obsessão em não engordar para manter as curvinhas afundadas em seus abdominais. Com sua fixação em modelar cada vez mais seus músculos, resultado obtido depois de tantas horas de treino, sempre dedicou mais tempo à academia do que à Jacqueline, que desistiu de reclamar. A escolha do vinho ficou por conta do proprietário, um verdadeiro entendedor. Era um apaixonado no assunto, não apenas um sommelier.

Chegando a casa, enfiou e abandonou a chave pendurada na fechadura da porta e colocou as sacolas sobre o balcão da pia para começar os preparativos. Acomodou as compras em pratos e travessas; tudo o que havia tinha sido muito pesquisado. Não era luxo, mas bom gosto, ao qual Jacqueline não renunciava. Ela sabia como encantar e fascinar o namorado na noite que era só deles, embora o romantismo e a sensação de "agora vai dar certo" sempre desvaneciam algumas horas ou dias depois.

Ao centro da mesa deixou um castiçal com pedrinhas luminosas, que pareciam brilhantes dançando no interior de um tubo oco de vidro. Espalhou pequenas velas flutuantes aqui e lá, com carinho, para iluminar o ambiente. A atmosfera tinha sua importância. Era o que mais seduzia e fascinava Ticiano. Ela queria que tudo fosse perfeito para aquela noite.

Tomou um banho mais demorado e perfumado do que o normal. Escolheu com atenção a lingerie. Calçou a sandália preta com o salto que Ticiano mais gostava (ele dizia que era muito sexy) e vestiu o vestido preto com tachinhas e bolinhas prateadas aplicadas; aquele corte levemente evasê dava-lhe um irresistível ar de menina. Havia comprado para uma noite que deveria ser tão especial quanto aquela que estava preparando, mas que não fora realizada até o final. Ticiano teve uma forte dor de cabeça que não passou nem menos com todos os remédios que a atenta e dedicada namorada lhe recomendava pelo telefone. "Se os remédios não fazem efeito, imagine o café sem açúcar. Não adianta nem tentar." Assim ele disse, e a noite foi cancelada quando Jacqueline já havia preparado quase tudo.

De qualquer forma, ela adorava aquele vestido e estava feliz por usá-lo novamente. Girou o corpo à frente do espelho e ficou satisfeita com o que viu: aquele modelo lhe caía bem, realçando seu corpo magro e bem feito.

O seu "nada mal" teve, como efeito, a liberação de endorfina em sua circulação sanguínea e ela, feliz e animada, por consequência, pegou a prancha para repassá-la, de modo rápido, apenas nas pontas dos cabelos. Com sensualidade e feminilidade abaixou e levantou o tronco, rápida e energicamente, para soltar os cabelos. Exaltou algumas partes do corpo com perfume e foi até a sala para acender as velas enquanto aguardava, já impaciente, a chegada do namorado.

Tudo parecia perfeito. A atmosfera, romântica, como Ticiano gostava, era perfeita. Mas o jantar não seria da mesma forma perfeito. Algumas horas depois Jacqueline culparia o vestido, que pela segunda vez lhe trouxera a mesma decepção.

O telefone tocou no meio do jantar romântico.

— Você não desligou o celular, amorzinho? - adoçou a voz para não perder o efeito que havia criado.

— Esqueci, Fitinha — disse Ticiano controlando o celular — Preciso atender. É o Murilo.

— Tiz, não. Não atende. Hoje é a nossa noite. Desliga. Deixa para fa...

— Oi cara... o que houve?... não, estou com a Jacqueline.

— O que ele quer agora? — a sua expressão falava por ela.

— Shhhh, não ouço, — levou o celular às costas por um segundo falando baixinho para que o amigo não escutasse. — Ele não tem campo — levantou-se e foi até a janela. — O que você disse? Só entendi até quando você falou muito ciumenta. Sério?? Onde você está?

— Não me diga que vai me deixar sozinha...

Alguns segundos depois Ticiano sentou novamente à mesa olhando para Jacqueline com ar de quem tem uma triste notícia para comunicar. Apoiou o celular e franziu os lábios.

— O Murilo e a Fê terminaram... — permaneceu um instante em silêncio, olhando-a; — ...quero dizer, a Fê deixou o Murilo. Fitinha, preciso ir. Ele está me perguntando se posso ir lá agora...

— E o que você acha? Tem mesmo coragem de ir e me deixar sozinha? Bem agora, com tudo que preparei para nós...? Faça o quiser, Tiz. Só por ter atendido o celular você já estragou a nossa noite.

Indiferente, Ticiano levantou-se sem qualquer hesitação. Deu um beijo nos lábios frios da Jacqueline desorientada e decepcionada para ir embora.

— Isso é o que eu chamo de solidariedade masculina. Para você, o Murilo é mais importante do que eu?

Ticiano pegou sua jaqueta e, depois de um apressado "amanhã a gente conversa", fechou a porta da sala com forte estrondo.

Jacqueline, transtornada, não conseguiu evitar as lágrimas que rolaram pelo rosto sem que ela quisesse, nem a raiva, decepção e vontade de desistir de tudo que lhe enchiam o coração com ímpeto. Sentia que havia perdido as forças, mas não podia permanecer sentada diante daquela mesa cheia, vazia. Com movimentos lentos levantou-se e começou a recolher o que havia preparado para a noite, que deveria ter sido muito especial.

Soprou as velas flutuantes sem se preocupar se ainda queria salvar o salvável. Seus pensamentos a atormentavam mais do que o gesto de Ticiano. No ápice de toda a dificuldade de um relacionamento atormentado reconhecia que, assim como qualquer casal, eles também tinham problemas. Mas o namorado havia acabado de superar a sua linha de suportação.

Ela não tinha mais vontade de brigar; acontecera muitas vezes. Quando isso ocorre, já é tarde demais para recuperar um relacionamento. Não tinha mais força nem paciência para suportar outra desilusão porque ela tinha uma única certeza. Aconteceria novamente.

Jacqueline estava sozinha naquela relação. Permanecer significaria apenas esperar até que ele a desiludisse de novo. Como acontecera todas as outras vezes que pensou em terminar definitivamente. Não era a primeira vez que pensava nisso. Mas deveria ser a última.

Há muitas semanas não conseguia ir além das primeiras páginas ou capítulos dos originais que chegavam com as histórias mais disparatadas possíveis. Era impossível para Jacqueline pensar em publicar uma delas. Em uma editora qualquer, o período de envio de manuscritos durava apenas alguns meses para quem nunca publicara um livro antes ou para quem quisesse mudar de editora. Mas isto não ocorria na Só Letras.

Na editora que Elênia coordenava, sob as ideias e o duro trabalho de Jacqueline, as obras eram aceitas, avaliadas e publicadas durante o ano todo. "Precisamos criar um grande catálogo e portfólio", dizia a proprietária ambiciosa à assistente, repetindo esta frase todas as vezes que lhe parecesse necessário, de modo quase obstinado.

Era uma semana de grande pressão para as duas. Elênia queria publicar mais um manuscrito, a todo custo. Chegou até mesmo a dizer à Jacqueline que, se ela não o encontrasse em poucas horas iria pedir à Mafalda, porque ela certamente o encontraria. Então era melhor fazer o impossível para encontrar o fatídico original, um qualquer, "mesmo se precisar modificar um dos recebidos para torná-lo publicável, além de diferente para que o autor não perceba"; afirmou essa sua ideia com plena convicção.

Na primeira discussão entre elas foi quase inútil para Jacqueline explicar à Elênia que ela não faria isso nunca – não porque não queria ser acusada de furto de bens intelectuais, mas por consciência. Naquele momento compreendeu exatamente a que tipo de escrúpulos a empreendedora estava disposta a renunciar para atingir os próprios objetivos. Parecia que a proprietária da editora havia perdido a razão.

Embora o longo e extenuante dia de trabalho estivesse chegando ao fim, seus problemas não terminariam. Muito pelo contrário; Jacqueline continuava triste, preocupada e distraída. As coisas com Ticiano estavam ficando cada vez mais difíceis porque ele estava mais frio e distante do que nunca.

Até então ela não sabia exatamente o que acontecera com Murilo naquela noite, porque o seu namorado era sempre muito evasivo em suas explicações quando ela tocava no assunto, de algum modo. Estava triste também porque, apesar de tudo, sentia sua falta; não tinham se falado ou visto muito nos últimos dias.

Não sabia onde encontrar a ponta do novelo emaranhado no qual se havia transformado o seu relacionamento. Estava preocupada, porque, embora o amor que ainda sentia por ele tivesse modificado muito nos últimos tempos, não queria perdê-lo; estava distraída porque esta hipótese era mais do que provável no breve horizonte que se apresentava à sua frente.

As mil perguntas que chegavam permaneciam em sua cabeça, atrapalhando o seu trabalho que sempre teve o efeito de acalmá-la. Ler também a acalmava, mas naquele momento não estava conseguindo fazer nem um, nem outro, porque não conseguia pensar em outra coisa. Estava ressentida. E nada melhor do que o ressentimento para destruir uma relação.

Havia decidido dedicar as últimas horas do dia para ler os manuscritos recebidos porque, se um texto pudesse interessá-la depois das constantes reuniões, stress e solicitações insensatas e despropositadas de Elênia, então o texto deveria ser realmente interessante. A prova dos nove para Jacqueline, que iniciava a ler o original como simples leitora para avançar como jornalista e terminá-lo como assistente da editora – o momento no qual decidia se dar vida ou não ao texto que tinha em mãos para materializá-lo e torná-lo vivo em uma prateleira de livraria.

Girou-se na cadeira e levantou-se, bufando, para abrir a porta do meio do armário de aço de três portas. Não conseguia sair da energia de frustração na qual entrara. Irritada, retirou mais um envelope da pilha que não parava de crescer. Não primeiro, em cima. Um qualquer, no meio daquele acúmulo onde todos os outros aguardavam a sua resposta.

Seu pensamento estava vazio, assim como ela. Sentou-se distraída, deixando-se afundar no encosto da cadeira que balançou sentindo o peso de seu corpo. Abriu o envelope sem prestar atenção alguma; ainda sentindo-se vazia, retirou o manuscrito que ganhou um pouco da sua atenção pelo modo com o qual fora cuidadosamente encadernado. Notava-se o aspecto agradável com o qual se apresentava. Era quase um livro artesanal.

Passou os olhos na sinopse, concisa, fluida, segurando-a com uma mão, enquanto lia algumas partes da dedicatória e da primeira página quase negligentemente.

Sem emoção alguma, dedicou pouco tempo para ler as primeiras linhas do primeiro capítulo que acabara em um instante. Passou para o capítulo seguinte, que terminou rápido também. Uma hora depois Maria Jacqueline leu a última frase da última página ainda sentindo-se vazia, repondo o original dentro do envelope para guardá-lo em sua gaveta com chave, com uma sensação diversa.

O dia seguinte iniciou com uma boa dose de otimismo.

— Dê uma olhadinha nesse manuscrito, Elênia. É forte e interessante. Acho que merece ser publicado.

— Não vai dar. O calendário está completo — disse sem piscar.

Calendário? Qual calendário, se ela mesma a forçava a publicar um manuscrito qualquer até um dia antes?

Jacqueline manteve-se séria como se conhecesse a tal programação.

— Tenho certeza que esta obra vai trazer muita satisfação à Só Letras.

— Fizemos muitos investimentos. Precisamos permanecer em stand-by antes de publicar alguma coisa. Precisamos de retorno.

— O autor é um médico, iniciante, mas o texto está bem escrito. Ele aborda o tema da alimentação de modo bem informal, e a narrativa se enriquece com as muitas dicas e receitas propostas. Tem potencial. — Agora era Jacqueline a fazer pressão. Ela sabia o que estava falando.

Elênia levantou a cabeça e olhou para Jacqueline com a mesma frieza com a qual estava olhando para as folhas que separava com gesto mecânico. Não se entendia se estava arrumando aquela bagunça em sua mesa ou se estava procurando algo. Abaixou a cabeça para juntar os papéis amontoados e mudá-los de posição. Com a atenção ainda concentrada nos documentos, com total desinteresse e voz mais forte e grave do que o normal, fez mais uma pergunta sem olhar para a assistente.

— É um livro de receitas?

— Não é só de receitas, mas tem algumas. Basicamente tem muitas informações para a saúde, entre uma receita e outra.

— Receitas...? — levantou o olhar, fixando o vazio. — Bom. Pode ser lucrativo — disse sem hesitar.

— Dê uma olhadinha; entenderá o meu entusiasmo.

— Agora não. Preciso encontrar um documento. Por acaso você viu um contrato com carimbo azul no fundo, à direita? É mais importante. Faça tudo respeitando o plano editorial.

— Plano editorial? Mas qual plano editorial? — não disse mas pensou; por um segundo Jacqueline sentiu-se confusa.

— Mas onde foi parar?... — Elênia deixou escapar um sussurro, girando a cabeça com impaciência de um lado para outro.

A sua contradição sempre foi o firme paradoxo de sua personalidade, apesar da força e coragem que demonstrava e exibia em todas as situações, escondidas em sua fragilidade e covardia. Até um minuto atrás pressionava para publicar mais obras; agora queria aguardar retorno. Entre contradições e explícitas mentiras era quase impossível para Jacqueline dialogar com a dirigente e compreender o que estava realmente dizendo por entrelinhas. O real significado de suas intenções só ela mesma sabia e, por muitas vezes Jacqueline diria, algum tempo depois, que talvez nem ela mesma soubesse. Era muito difícil trabalhar com uma pessoa com caráter assim instável.

Em um momento dedicava toda a sua prioridade a um único pensamento, fato, ou opinião, fundamental para ela, como se disso dependesse a solução para a paz entre os homens de boa vontade desta Terra. No dia seguinte, talvez até mesmo no minuto sucessivo, a relevância era outra, porque suas opiniões mudavam. Jacqueline precisava caminhar e desvendar-se diariamente no fio de navalha da personalidade de Elênia, cada vez mais egoconcentrada.

— Eu não estaria insistindo se eu não acreditasse. Tenho certeza de que não vai se arrepender.

— Livro de cozinha se vende sozinho, o público gosta e compra livro de receitas, a culinária está na moda, blá blá blá, blá blá blá, mas não é o momento. Um passo de cada vez. — Desta vez Elênia parecia estar convencida.

— O autor é o médico e amigo de um político famoso — Jacqueline jogou a frase no ar e permaneceu inerte na sala. Observava seus movimentos à espera da reação que pudesse ser o indício do que ela estivesse realmente pensando. Tentava convencê-la usando os argumentos que lhe eram mais convincentes. Aprendeu a conhecer seu modo de pensar e reagir e, consequentemente, sabia quais eram as motivações mais atraentes e persuasivas sob o seu ponto de vista. Não adiantaria insistir sobre a boa qualidade do texto porque não surtiria efeito algum.

Elênia, por sua vez, sem pronunciar palavra alguma, jogou os olhos para o canto, olhando para o nada, torcendo a boca na duração de um respiro. Fazia isso sempre que estava pensando seriamente em algo. Jacqueline pensou que provavelmente em seu comentário havia uma certa dose de eficácia, pois havia produzido uma reação.

— Com essa informação na capa o livro pode até vender sozinho. Podemos colocar o político ao lado dele em uma foto... muito bem. Traga o texto, assim mostro para Mafalda.

E sem que Elênia tivesse tido tempo de inspirar o respiro sucessivo, Jacqueline já havia apoiado o envelope amarelo de papel Kraft sobre a sua mesa.

No dia seguinte Jacqueline ouviu uma inesperada comunicação depois de ter visto Elênia passar pela sua sala com o semblante sombrio e em silêncio quase absoluto se não fosse aquele:

— Quero falar com você.

Jacqueline continuou olhando para o ar esperando que ela dissesse algo mais. Não ouviu nada. Estranho, porque no momento de sua chegada havia sempre muito para pedir-lhe. Jackie ouviu apenas o ruído seco do abandonar da sua bolsa Prada no peitoril saliente da janela. Era o som que caracterizava a sua chegada, além das inúmeras solicitações diárias.

Alguns minutos depois, Elênia dirigiu-se à sala da sua assistente caminhando com passos lentos, ainda em silêncio. Com desdém e pouca voz, finalmente a proprietária fez o primeiro pedido do dia à Jacqueline.

— Muito bem. Envie o contrato pró-forma ao cozinheiro — disse secamente. Pegou uma das canetas do porta-lápis e retornou à sua sala.

Jacqueline parou o que estava fazendo para olhá-la. Permaneceu à espera, certa de que ouviria mais algum de seus comentários inapropriados ou pedidos sempre irremediavelmente urgentes, mas ouviu só o som abafado dos saltos largos e baixos de Elênia. Com um movimento impetuoso, Jacqueline arrastou a cadeira para entrar na sala da dirigente, que ainda estava em pé à frente de sua mesa controlando o celular. Sua precaução dizia-lhe que era melhor confirmar antes de tomar qualquer decisão.

— Você está falando do médico?

— Ele é médico? Pensei que fosse cozinheiro... então por que escreveu um livro de receitas?

Precisou usar toda a calma que lhe escapava cada vez mais ultimamente para repetir a mesma explicação, ou seja, que o autor, médico, escrevera um livro sobre a saúde em geral, com algumas receitas, não um livro só de receitas.

— Não muda nada; continua sendo um livro de culinária. Contate-o assim que puder.

Jacqueline já estava se acostumando aos comentários impróprios e sem propósito de Elênia, que não viu a expressão que se formou em seu rosto quando se virou para retornar à sua sala, nem os golpes que deu no ar, com os dois braços com as mãos fechadas, lançando-os um de cada vez, quando adentrou.

Estava contente porque tinha a consciência de que o resultado desse (seu) novo projeto teria um enorme peso em sua carreira na editora. Afinal, se o livro fosse o sucesso que ela tinha a certeza de que seria, era só graças à sua insistência.

Acreditava neste livro, interessantemente dividido entre as histórias mais importantes da vida do autor, quase como uma pequena autobiografia, em meio a conselhos médicos para uma alimentação correta com receitas inovadoras. Sentia o seu potencial. Nas mãos de pessoas mais influentes poderia alcançar grandes horizontes.

Com tudo isso na mente e no coração decidiu que não se pouparia em termos de esforços para trabalhar com este manuscrito, que agora seria preparado para a publicação. Sem perder um único instante, abriu um envelope para procurar um número de telefone.

$$-\int-$$

As palavras escritas naquelas páginas que acabara por ler, todas, por pura apreciação, tomaram vida na boca do autor do livro promitente. Durante a primeira conversa telefônica, ela as ouvia com ainda maior interesse do que quando o fazia durante a leitura, mesmo porque aquela voz quente e profunda quase a hipnotizava.

— ...então, — Jacqueline clareou a voz para reaver, mas principalmente manter, o aplomb profissional necessário ao momento e à situação — já podemos marcar uma data para a assinatura do contrato em uma reunião com a diretora.

— Ótimo! Organize tudo da maneira que achar mais conveniente. Amanhã terei um congresso aqui em São Paulo e quando terminar, se não for muito tarde para a senhora, vou até a editora antes de retornar à Campinas.

— Ah, é verdade - o senhor não mora aqui. Então precisamos aproveitar a sua permanência na capital.

— Quando quiser, mas não precisa ser assim urgente... estou sempre por aqui. São Paulo acabou virando a minha segunda casa. Dou assistência no Hospital das Clínicas Unidas de segunda à quinta.

— A Sra. Elênia não estará na editora amanhã. Ela tem uma reunião importante com um grupo de livreiros. E como sou eu que coordeno todas as fases da produção literária, podemos marcar um horário sem a dirigente, se o senhor não se importar.

— Imagine, de modo algum. Sinta-se livre para fazer como

achar melhor. Marque um horário que seja bom para a senhora e para mim será perfeito!

— Muito bem, Dr. Rodrigo. Basicamente discutiremos a proposta editorial para o seu livro, pois gostaria de explicar-lhe como será desenvolvido o seu projeto. Amanhã é quinta-feira — às 18 é um bom horário para o senhor?

Ultimamente, o ritmo duro que Jacqueline está enfrentando no trabalho a impedia de ter uma vida normal. Ama o que faz, mas as vinte e quatro horas do dia, em sua opinião, deveriam ser só o início da sua jornada nesses últimos seis meses para conseguir fazer tudo que lhe passava pela mente – principalmente na de Elênia, cuja criatividade inesgotável não parava de produzir as mais estranhas solicitações, muitas das quais quase impossíveis.

Quando decidiu morar sozinha, queria organizar o caos que havia dentro dela. Alguns meses depois, o caos deixou de ser interno, ordenado, para ser externo, completamente desorganizado, em uma espécie de modus vivendi.

As mães são sempre uma grande ajuda. E a mãe de Jacqueline é assim também. Desta forma, sem se dar conta do que a esperava do outro lado da porta, Maria Isabel entrou no apartamento para receber o pequeno armário que a filha havia comprado online.

Estava contente em poder ajudá-la. Raramente o fazia. A própria filha a impedia. Porém, o que viu, quando entrou, causou-lhe tanto assombro quanto preocupação. Seus olhos permaneceram arregalados por um bom tempo. Impossível que um ser humano tivesse feito tudo aquilo sozinho.

Aquela desordem só poderia ser obra de um ladrão que havia colocado quase tudo que estava dentro do armário, fora, provavelmente à procura de dinheiro ou valores escondidos na forma mais ingênua possível. Pela desordem que se via, Jacqueline havia sido roubada e deveria ter experiência, o bandido.

Em cima da pia reconheceu os restos do bolo que ela mesma havia feito e dado à filha dois dias antes. Melhor não mexer no prato; com muita probabilidade ainda deveria conservar as impressões digitais do malfeitor. Poderia ser útil quando a polícia viesse indagar. O coitado não teve tempo nem para comer toda a fatia do doce.

O olhar de Maria Isabel, como um raio laser atravessou lentamente toda a cozinha, local do seu impacto. Decidiu ligar para a filha.

Enquanto esperava a resposta, sentindo-se orgulhosa de sua capacidade de raciocinar friamente, pensou que seria melhor falar baixo. O intrépido mau caráter ainda poderia estar escondido em algum lugar naquela cena de crime em que se havia transformado a residência da sua caçula.

Deu dois passos, ficando de frente para o corredor e arrependendo-se por estar ligando para a filha. Iria assustá-la; deveria ter chamado primeiro a polícia. Para o seu desespero total, notou, esticando o pescoço, que a completa desordem estendia-se por toda a casa. Portanto, o desonesto teve o tempo que precisara para rebuscar todo o apartamento.

Apenas quando ouviu aquela risada que tanto aquecia o seu coração de mãe foi que descobriu, com extremo desencanto, que o problema era muito mais sério do que havia antes pensado: não havia e nunca houve gatuno algum larapiando aquele lar. A própria Jacqueline fizera toda aquela bagunça com as próprias mãozinhas. Por um segundo, talvez, Maria Isabel tivesse preferido a invasão de um mal intencionado.

Já que teria sido necessário muito mais do que um manual de Feng Shui para cancelar o estado deplorável no qual se encontrava o apartamento, o problema fora resolvido de modo bem prático para ambas: foi assim que Jacqueline passou a ter a ajuda de uma faxineira, que começou a cuidar também da sua desordem crônica.

— ∫ —

Jacqueline não estava conseguindo aproveitar o cheirinho bom de casa limpa e arrumada; passava muitas horas na editora porque queria organizar os detalhes finais da primeira reunião com Dr. Rodrigo. Como havia muita coisa para fazer, resolveu chegar mais cedo ao trabalho. Elênia, madrugadora como era, teve a mesma ideia.

— Já trabalhando? Bom dia! Elênia?! O que houve? — perguntou Jacqueline assustada, esquecendo o olhar em sua responsável.

— Levantei de madrugada e escorreguei na escada. Luxei o braço. Não é nada.

— Na escada? Mas tem escada na tua casa?

— Ehn... claro que tem. Na garagem. Foi na escada da garagem.

— Mas o que foi fazer na garagem de madrugada?

— Você está me fazendo um interrogatório?

— Não, claro que não. Desculpe. Fiquei preocupada quando vi a tipoia e comecei a fazer perguntas sem querer.

— Agradeço, mas não há nada para entender. Caí. Isso é tudo. Não se preocupe. O Henrique e eu saímos do pronto-socorro quase às três da manhã e não fui para casa. Vim direto para cá porque temos muito trabalho. A propósito - já pediu para o Jorge mandar novamente os arquivos? Não entende nada, aquele idiota...

— Sim, já lhe enviei e-mail solicitando.

— Muito bem — com a mão do braço livre fez alguns movimentos desajeitados na tela do celular para levá-lo ao ouvido. Acentuou mais do que nunca a sua costumeira expressão de mau humor quando fixou os olhos no ar esperando que a pessoa do outro lado da linha atendesse a chamada. Jogou o olhar para o canto, olhando para o nada, sem pronunciar palavra alguma. Torceu a boca na duração de um respiro. Fazia isso sempre que pensava seriamente em algo.

O desprezo total de Elênia pela presença de Jacqueline em sua sala, ou de quem quer que fosse, a fez sair, o que não a impediu de ouvir as primeiras palavras da conversa.

— Bom dia??? Não muito. — A voz, grave, quase rouca, tornou-se ainda mais baixa, taciturna.

— Escorreguei no shopping, ontem. A cretina da funcionária da limpeza não colocou a plaquinha de aviso de piso molhado – ou melhor, colocou, mas não dava para ler; estava virada para a parede. Deveria ser mandada embora, aquela imbecil, que me fez cair e ficar com o braço...

— Escorregou? No shopping? — Maria Jacqueline franziu os olhos e as sobrancelhas e fez um minúsculo movimento de "não" muito rápido com a cabeça. Estava surpresa por ter ouvido palavras muito diversas daquelas que havia ouvido um minuto antes.

— Que estranho... ela caiu no shopping ou na garagem da casa dela? E vir trabalhar depois de ter saído do pronto-socorro é mais estranho ainda... o que aconteceu, na verdade?

rabalhar na Só Letras era sempre muito mais produtivo e prazeroso quando Jacqueline podia fazê-lo sem ser interrompida constantemente ou quando estava sozinha. Como aconteceu na reunião no final do dia anterior com Dr. Rodrigo Antonielli, realizada sem a presença de Elênia. O encontro foi um sucesso para ele, satisfeito com o projeto de publicação do seu livro, e uma agradável surpresa para ela.

A última coisa que Jacqueline poderia imaginar neste mundo era que o médico fosse um homem tão misterioso quanto interessante. O som de sua voz, quente, ainda ressoava em seus ouvidos, assim como ela ainda não havia esquecido aquele sorriso indecifrável.

Divorciado, sem a mínima intenção de entrar seriamente em uma história – porque tal estado revelou-se o mundo de fascínios esquecido até então – o médico com olhar penetrante e magnético poderia colecionar muitas histórias, se quisesse, além daquelas que escrevia para publicar em seu próximo livro.

A justa proporção de sua altura e peso, com físico forte e delineado, aliada aos seus cabelos lisos, castanho claro, com os reflexos naturais que somente o sol poderia ter-lhe feito, confirmavam a aparência de um homem de pouco mais de trinta e cinco anos que gosta de viver a vida plenamente. A pele bronzeada isentava qualquer dúvida e a descontração no rosto e na sua aparência, em geral, era a de um homem apaixonado.

A coisa parecia contagiosa, pois Ticiano parecia estar sofrendo do mesmo mal. E Jackie precisava entender, ou de alguém que lhe explicasse, se era de amor, e por quê. E principalmente por quem.

Não foi fácil para Jacqueline encontrar concentração mental para iniciar a escrever o release para um projeto particularmente especial para ela. O livro "O sabor da alimentação saudável" iria, em breve, entrar no catálogo de novidades da Só Letras e ela estava dedicando grande parte do seu dia para organizar eventos e produzir conteúdos sobre a divulgação para as mídias.

Mil pensamentos invadiam sua mente – alguns por Ticiano, outros pelo trabalho e muitos deles sobre Rodrigo, que insistia em permanecer como uma doce névoa proibida em suas lembranças, apesar dos seus esforços em nele não pensar. Mas ela não pensava. Sentia.

Sendo assim, era necessário reunir muito mais concentração para cuidar de tudo. Até porque a engenhosidade da criatividade de Elênia, alcançando níveis bem diversos dos seus, conseguia sempre criar algo que deveria ser feito naquele mesmo instante, sem protelações. Jacqueline era habituada a este ritmo, que não era muito diverso do seu, vivido fora da editora. Porém, para certas exigências de último momento de Elênia, objetivos para o seu exclusivo benefício, eram necessários verdadeiros malabarismos.

A única diferença era que, apesar do ritmo frenético de sua vida até então, havia coerência em tudo que Jackie fazia.

A vibração do seu celular apoiado ao lado do teclado desconcentrou o ritmo incessante do trabalho de Jacqueline. Clareou novamente a voz para atender à chamada. Respondeu impacientemente, com um tom bem diverso dos seus pensamentos daquele minuto.

— Que houve, desta vez?

— O Murilo não parava de falar ontem. Estava completamente aluado. Você precisava ver, cara... ele queria desabafar, mas te confesso que já não aguentava mais.

— O Murilo e seus problemas – por acaso ele sabe que o melhor amigo dele tem uma namorada? E você poderia ter me mandado pelo menos um boa noite.

— Não começa. Era muito tarde, não queria te acordar.

— Você imaginou que fosse tarde para mim... mesmo assim poderia ter me mandado uma mensagem, porque se fosse tarde para mim também, eu estaria dormindo e não teria respondido, certo? Aliás, poderia até ter ligado, já que não te vejo há uma semana. O Murilo te vê mais do que eu, ultimamente.

— Não é assim. Ele está passando por um período difícil desde que terminou com a Fê. Ele está mal, Maria Jacqueline. Eu preciso estar presente.

— Então porque eu não acredito? E quando você me chama de Maria Jacqueline... a coisa é séria. Te conheço muito bem. O que você tem para me dizer, Tiz?... Tá tudo bem com a gente?

— Maria Jacqueline, acabou. Acabou entre nós.

— Você não poderia esperar até de noite ou pelo menos até que a gente se encontrasse para me dizer isso? Precisava mesmo acabar com um relacionamento de três anos, desse jeito, Ticiano? Pelo telefone?

— Não existe um meio termo para essas coisas. Não importa onde ou como você diz. Você comunica e pronto. A gente precisa encarar a realidade.

— Encarar a realidade? Você quer encarar a realidade e não está nem olhando para os meus olhos que, pelo que me disse, foi por eles que você se apaixonou por mim.

— É melhor que a gente enfrente isso de uma vez por todas do que ficar no "não sei como te dizer porque quero ser teu amigo para todo o sempre, amém". Não sou assim, você sabe.

— Sei sim, Ticiano. Como sei também que você é o grande egoísta, ao qual o mundo inteiro deve girar ao redor para prestar homenagem.

— É melhor parar por aqui e desligar — Jacqueline o ouviu bufar. — Não temos mais nada para dizer um ao outro. Para o teu conhecimento – estou saindo com uma garota e decidi que vou organizar um jantar à luz de velas para ela, bem romântico. Queria que você soubesse.

— E o que você espera que eu faça, me contando os detalhes que eu não quero saber? Quer que eu te ajude a preparar o jantar romântico para o casalzinho apaixonado?

— Pare com isso, Maria Jacqueline.

— Paro sim, Ticiano. Já parei. Aliás, já paramos. Não é isso o que você quer? Fique tranquilo. Mas quero que você saiba que eu desejo, profundamente, que ela vomite também e muito – não pelo jantar e não só no teu tênis. Quero que ela vomite porque se arrependa de estar com você. Só isso que eu quero. E queria que você soubesse disso também.

Ao despertar, Jacqueline buscou a janela com os olhos e percebeu que já era bem mais claro do que as outras manhãs. Olhou para o despertador e viu apenas números piscando na tela em azul. A segunda-feira começou com chuva e com o despertador que não tocou.

— Merda. Acabou a luz de noite. Deve ter sido por causa da chuva.

As duas semanas passadas sem a presença de Ticiano em sua vida foram, sem dúvida, difíceis, mas, de certa forma um alívio também. Foram difíceis porque ela já se havia habituado às suas estranhices e defeitos, considerando-os seu modo de ser, por muitas vezes insuportável. "Mas a vida segue", como lhe dizia Verônica, sua melhor amiga, além de conselheira; com seus amplos horizontes, conseguia sempre encontrar a palavra certa para cada ocasião.

Ainda sentada na cama, Jacqueline colocou a mão na cabeça, mexendo nos cabelos, por todo o comprimento, como a acarinhar-se.

— Não posso ficar mal por alguém que me diz que vai fazer um jantar à luz de velas com outra depois que lhe pergunto se está tudo bem entre a gente. Não mereço isso. Dessa vez, não. Vou cuidar de mim. Preciso cuidar de mim mesma — repetiu a intenção em voz alta para reforçar o que deveria fazer realmente.

Há algum tempo atrás ela ainda estaria chorando, mas não por Ticiano. O relacionamento já havia terminado, ambos sabiam, e continuar mantendo a situação estava ficando insustentável. Era apenas questão de tempo para que seguissem suas vidas separadamente.

Entretanto, existem mil modos para tudo na vida. Até para acabar um relacionamento com dignidade e principalmente respeito – pelo tempo que passaram juntos, pelo menos. Terminar tudo pelo telefone a feriu demais. Isso ela não conseguia aceitar.

No fim dos relacionamentos passados Jacqueline havia apenas a opção de esperar que a dor passasse, terminasse ou amenizasse. Sabia como reagia e o quanto sofria, portanto, sabia também que os próximos meses seriam difíceis. Mas não desta vez. Não queria passar os próximos "não sei quantos meses" tentando recuperar-se da dor causada por uma grande desilusão. Havia jurado a si mesma que seria diferente. Precisava encontrar um modo de diminuir a duração deste sofrimento. E desta vez parecia mesmo que se estava apresentando uma solução diversa sem que ela a tivesse procurado ou ainda soubesse.

Jacqueline olhou novamente para os números piscando. Afastou as cobertas para trás e saiu da cama com um movimento preciso. Pegou o celular deixado por hábito no criado-mudo e foi para a cozinha fazer um café ouvindo a mensagem áudio razoavelmente longa da amiga Débora. O cheirinho do café inundando a cozinha sempre lhe fora mais estimulante do que a própria cafeína.

Precisava desesperadamente daquele outro hábito.

Pegou a xícara branca e o celular e retornou ao seu quarto. Com rapidez e falta de vontade de iniciar mais um dia e uma semana, no vazio total e ambos na mesma proporção, abriu o armário para pegar uma roupa. Lembrou-se da reunião com o Dr. Rodrigo no final do dia anterior. Sem perceber, começou a procurar algo que pudesse ser profissional e feminino ao mesmo tempo. A vontade de iniciar o dia mostrava ínfimos e frágeis sinais de vida, que não foram suficientes para que ela mudasse o fluxo de seus pensamentos. Olhou para a janela e viu o dia mais claro.

Tomou um gole do café ainda muito quente e tossiu para disfarçar a voz rouca de recém-acordada. Com o calor da xícara em uma das mãos, clicou com a outra no botão de viva-voz. Tomou mais um golinho e controlou, por um instante, o sininho na tela do celular que se movia indicando que chamava Elênia para avisá-la que chegaria mais tarde.

— Não sou nem a primeira nem a última mulher a ser abandonada pelo namorado por outra. Mas será que isso tinha que ter acontecido quando a primavera dá seus primeiros sinais, com o sol brilhando, as flores desabrochando e as pessoas sorrindo? Ehm, Elênia, bom dia. Vou atrasar uns minutinhos porque o pneu furou. Não se preocupe que recupero.

— Temos uma reunião às nove — disse a voz grave e autoritária do outro lado da linha, sem dar espaço para questionamentos.

— Mas é só você e eu...

— E com isso? O meu dia já está cheio e tenho muitos compromissos logo depois. Não posso esperar e muito menos atrasar. Estarei em minha sala nesse horário. Às nove em ponto. Aliás, já estou chegando; temos que entabular algumas propostas — e desligou o telefone.

Ao ouvir aquela observação tirânica, Jacqueline foi direto até a cozinha, abandonou a xícara de café sobre a pia e começou a preparar-se com pressa, embora conhecesse muito bem as "reuniões" de Elênia Giusti.

— Droga. Logo hoje que gostaria de ter tido mais tempo para me arrumar...

Jacqueline não tinha tempo nem para passar a prancha nos cabelos, como fazia todas as manhãs. Foi melhor assim. Os cabelos ondulados e soltos combinavam muito mais com o estilo sensual de uma das associações "jolly" do seu guarda-roupa: saia e camisa; dava sempre certo e evitava inúteis perdas de tempo. Viu a caixa dos mules pretos de salto alto que iria usár para sair com Ticiano no fim de semana que terminaram. Achou que seriam perfeitos para aquele dia – nenhuma lembrança do passado. Jacqueline ainda não sabia, mas fez bem em comprá-los. Agora eles teriam outro destino.

9:06

Considerando os poucos minutos que teve para ser arrumar, cronometrados entre acordar e sair de casa, obteve um bom resultado: conseguiu marcar o cartão quase sem atraso terminando a maquiagem no espelho retrovisor do carro, entre um semáforo e outro.

Jackie entrou na sala de Elênia, que a olhou dos pés à cabeça com seu perene mau humor. A proprietária abaixou os olhos com desprezo para comunicar-lhe duas frases.

— Muito bem – não precisa mais pesquisar orçamentos para a gráfica. A partir de agora será um departamento interno — e olhou para o seu celular. Jacqueline não compreendeu se ainda estivesse controlando o horário da sua chegada ou aguardando mais um telefonema.

— É uma excelente notícia! Estava ficando difícil trabalhar com gráfica freelance com tantos títulos novos. O gráfico vai trabalhar aqui todos os dias?

— Sim. A, não O - é uma mulher. O nome dela é Alice Borges. Foi indicada por Mafalda. Começa amanhã, mas virá à tarde para conhecer o trabalho. Ela trabalhará no livro do cozinheiro. Dê-lhe toda a ajuda que necessitar. Mostre-lhe o nosso catálogo.

Elênia resolveu segmentar a editora internamente e iniciou pelo departamento gráfica, sob a responsabilidade de Jacqueline. Seu sonho era ter uma empresa feita só por mulheres.

O celular da proprietária tocou e ela transcorreu os sucessivos quinze minutos falando ao telefone. Naquele telefonema, na presença de Jacqueline, e como fazia em algumas chamadas, permaneceu em intervalos de longo silêncio, que teria sido quase absoluto se não fosse por algum monossílabo que articulava de vez em quando. Às vezes alternava pequenas expressões com respiros profundos, cujas expressões faciais comunicavam mais do que as palavras que tentava ocultar, enrugando o rosto cada vez mais quando pronunciava: "é...", "ainda não", "é esse...".

Jacqueline percebera que após as conversas mais importantes Elênia ligava para Mafalda contando-lhe o que havia acabado de ouvir, dizer ou fazer naquela determinada circunstância. Nesses casos, fechava a porta constantemente aberta de sua sala. Era evidente o nível de stress contido naqueles telefonemas.

Algum tempo depois Jackie chegou até mesmo a dizer a Elênia que era preciso ter um caráter realmente muito forte para suportar semelhante nível de stress. Muito difícil, quase impossível, conviver diariamente com tantos problemas como ela fazia. Provavelmente Elênia era diversa, não apenas porque, como um ímã, parecia atrair para si os mais diferentes tipos de problemas.

Com seu modo de ser e de agir gerava uma grande confusão com quem quer que mantivesse um relacionamento mais prolongado, dando origem a um estranho ciclo, onde ela criava, ela mesma aumentava os problemas por causa de sua reatividade. A vida comum não era para ela. E por "comum" entenda-se racional.

Depois de desligar o telefone, a proprietária da Só Letras pegou pequenos pedaços de papéis onde havia escrito algumas anotações. Pediu à assistente que falasse a respeito daqueles tópicos afirmando que gostaria de ouvir a sua opinião a respeito.

Maria Jacqueline estava certa. Estava novamente em mais uma daquelas suas "reuniões".

Quem quer que ouvisse o modo com o qual comunicava a importância que dava às suas "reuniões de trabalho" pensaria que se tratasse de um evento que seria organizado para decidir o destino de toda a humanidade. Na prática era uma mera questão de números: aqueles que a empreendedora incansavelmente perseguia, sem perdoar ou tolerar atrasos porque era necessário produzir cada vez mais para alcançá-los.

Jacqueline perdia horas presenciando as conversas de Elênia com outras pessoas ao telefone, em conversas diametralmente opostas aos objetivos pelos quais estavam reunidas naquele momento, nem sempre completamente profissionais, mas sempre referidas, de um modo ou de outro, aos problemas da editora, que parecia em plena expansão.

Isso a desencorajava e ela retornava à sua sala desmotivada e sem ideias interessantes a desenvolver. Não apenas porque deveria recuperar todo o trabalho que obviamente não podia fazer naquele intervalo de tempo, mas porque, mais do que ouvir e debater, ela devia falar, explicando tudo para a proprietária da editora.

Assim Elênia Giusti passava seus dias, entrando e saindo de reuniões (termo discutível, vista a forma de como atuava nesses encontros), com Jacqueline cada vez mais irritada por não conseguir fazer o seu trabalho.

— Muito bem. Você entendeu o que precisa fazer. Eu vou sair e provavelmente não voltarei mais, hoje. Se precisar, mande mensagem. Se for importante, ligue.

— Não se preocupe; mostrarei os projetos e lhe darei todas as informações sobre o livro do *médico* — frisando o termo. — Mas vai sair com manga comprida? Não está sentindo calor com esse sol maravilhoso? O dia está lindo...

— Não. Estou bem assim. — Pegou a bolsa e saiu, deixando

Jacqueline ainda sentada à mesa da reunião.

A confiança de Elênia, que havia deixado a Só Letras nas mãos de Jacqueline, a enchia de orgulho. Nunca pensou em chegar tão alto e em tão pouco tempo, embora isso houvesse implicado em um aumento descabido de responsabilidades.

O seu trabalho já seria estressante o suficiente se ela fosse destinada apenas para ler os manuscritos, que por si só, deveria ser a ocupação de uma única pessoa. As tarefas que Elênia lhe encarregava a cada dia seriam feitas por, no mínimo, duas ou até mesmo três pessoas em outra editora.

Por ser jornalista, Jacqueline encarregava-se também da assessoria de imprensa. Porém, cuidar da imagem da editora ou de um autor era uma tarefa que requeria muito tempo, um detalhe com o qual Elênia tinha sempre muito para argumentar: o tempo ela contava em centavos; não em minutos.

Era Jacqueline quem lia, escrevia, controlava, pagava, recebia, avaliava, pesquisava, enviava e até assinava. E agora deveria ensinar também. Não poucas as vezes nas quais Elênia lhe endossava tarefas e responsabilidades que somente ela mesma, como diretora e proprietária, deveria realizar. A organização da Só Letras estava completamente em suas mãos. Praticamente era como se fosse sua.

Apesar disso, o que ela ainda não havia compreendido é que Elênia delegava-lhe as próprias competências não por indecisão ao tomar decisões, mas ao concretizá-las. Como não era capaz de exercer o próprio cargo, a proprietária outorgava, e por não saber ficar sozinha, nem para trabalhar, organizava "reuniões" muito maçantes.

Sem o mínimo conhecimento nesse campo, ela contava apenas com o trabalho, o bom senso e as intuições de sua assistente, além das atitudes do marido que, pelo que comentava, tinha muita sorte com clientes e negócios. Contava também com os conselhos de Mafalda, que Jacqueline não conhecia e nem conseguia compreender quem realmente fosse. Às vezes parecia-lhe apenas uma amiga, mas havia um quê de intimidade entre as duas que desmentia a sua suspeita.

— Acordar atrasada estraga o dia todo — um preceito no qual sempre acreditou, mas que seria completamente revertido e anulado no final da tarde.

— Corri tanto para esta reunião importantíssima... para me comunicar que a gráfica agora vai ser interna bastava um simples e-mail! Poderia até ter me contado por telefone hoje de manhã, quando liguei. Bom, pelo menos ela saiu. Vou ter tempo e sossego para fazer minhas coisas.

Jacqueline não sabia por onde começar.

Entre suas inúmeras tarefas diárias precisava encaixar mais uma naquela tarde: cuidar de Alice e de seus projetos, o que significaria continuar responsabilizando-se também pela gráfica, com um problema a mais.

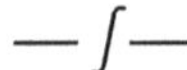

— ...e este será o nosso próximo lançamento. Você o encontrará em "Projetos_Gráfica". A senha é "todosprojetosgrafica", sem acento. Essa obra se diferenciou na primeira avaliação dos originais. Precisei insistir muito para que fosse publicada porque, no início, Elênia era contrária à ideia. Agora será um livro e este projeto é o seu primeiro trabalho. Cuide dele com muito carinho, Alice. Vai ser um livro importante; tenho certeza — o sorriso retornou ao rosto de Jacqueline. — Bom... acabei falando mais do que deveria... Vá descansar, pois amanhã teremos um dia cheio. Aliás, saiba que todos os dias, aqui, são assim. Se precisar de ajuda, é só pedir... ah, me deixe o seu número de celular... só por garantia...

Alice despediu-se com um seco "obrigada" e Jacqueline teve tempo apenas para puxar levemente a gola da camisa quando ouviu os passos fortes no corredor que se aproximavam dela cada vez mais.

Lançou o olhar para o canto esquerdo da tela do seu computador que exibia 18:02 à direita. Endireitou as costas na cadeira e ajeitou os cabelos com as duas mãos antes de ver aquele rosto que gostava de ver e rever.

— Cheguei muito cedo? Se precisar, posso esperar...

— De modo algum. A sua pontualidade será recompensada agora mesmo. Entre!

$\mathcal{O}$ dia não havia iniciado no melhor dos modos, mas os primeiros momentos da reunião, apesar do horário, havia imediatamente melhorado o humor de Jackie, cancelando, por um momento, tudo o que acontecera de errado e não apenas em sua jornada.

Aquela presença a encantava e de algum modo lhe dava segurança. Bastava olhar para ele para que Jacqueline sentisse que no mundo não havia problema ou dificuldade que ela não pudesse superar.

— Então, Dr. Rodrigo, podemos colocar essas informações na quarta capa. Seria interessante também que o senhor escrevesse um texto para a primeira ou segunda orelha e quando tivermos esse material, já teremos tudo para diagramar o seu livro e dar início à publicação.

Jacqueline levantou-se, passando os dedos por entre os cabelos. Jogou levemente a cabeça para o lado e olhou para o médico que a estava observando com olhar calmo e profundo.

Por resposta ou iniciativa Rodrigo também se levantou. Segurou com firmeza a gravata pelo nó, dando-lhe uma leve sacudidela, e a esticou lentamente com os dedos tensos e unidos, sem tirar os olhos dela.

Ela notou o movimento de sua bonita mão e abaixou a cabeça para pegar algo em sua mesa, como se não tivesse percebido o seu gesto. Esforçou-se para dar continuidade à última palavra pronunciada e para retomar a concentração e o profissionalismo necessários para a situação.

— Em breve lhe enviarei por e-mail seu livro diagramado para o controle final antes da impressão. Este é o meu cartão — desviando o olhar que havia permanecido involuntariamente nos lábios carnudos e redondos de sua boca bem desenhada. — Estamos trabalhando para o seu livro e se tiver alguma dúvida ligue. Quando quiser...

Arrependeu-se do que disse, modificando o seu comportamento. Olhou para Rodrigo de modo sério e composto. Ao contrário, os olhos do médico pareciam sorrir. Seu olhar provocava-lhe redemoinhos de emoções e precisou esforçar-se de novo para permanecer em silêncio. O médico sentiu o seu embaraço e prosseguiu:

— Tenho certeza de que faremos um ótimo trabalho juntos. Mas agora preciso ir. Já passou muito do seu horário de saída. Estou me sentindo culpado por retê-la até tão tarde no escritório.

— Não se preocupe; acontece com frequência. Foi um prazer ajudá-lo.

— O seu namorado deve ser um homem muito paciente, já que não se importa em esperá-la. É o prazer da sua companhia que recompensa qualquer espera — concluiu inesperadamente.

— Obrigada, Dr. Rodrigo, mas não é bem assim. — O sorriso esvaneceu do seu rosto. — Ele não se aborrece mais em me esperar porque agora está esperando por outra — e deixou o olhar pousado nas próprias mãos.

— Desculpe-me Sra. Jacqueline, eu não queria...

— Não se preocupe. É recente, mas vai passar...

— Claro que vai... mesmo porque a senhora não vai ficar muito tempo sozinha. Tenho certeza.

— Nem penso nisso, por enquanto...

— Sei como são essas coisas... sou divorciado... compreendo exatamente o que quer dizer, Jacqueline, ehm, desculpe-me. Sra. Jacqueline.

— Chame-me Jackie. Todos me chamam assim.

— Okay, *Jackie* — o médico repetiu o seu nome inclinando ligeiramente a cabeça, levantando o olhar. — Mas não me chame mais de senhor! — deu um meio sorriso, contraindo apenas uma parte de sua boca.

Estendeu-lhe a mão para cumprimentá-la e Jacqueline sentiu o calor daquele toque que afagou todo o seu corpo. Nem notou que havia dado um pequeno passo para aproximar-se ainda mais do médico. Disse uma frase qualquer; queria continuar ao seu lado, conversando com ele.

— Ligue quando precisar e quando quiser — repetiu, e desta vez não se preocupou em abafar a intenção. Faça boa viagem e aguardo suas notícias...

Algo acontecera naquilo que deveria ser uma simples reunião de trabalho. Algo havia sido transformado quando o médico despediu-se, apertando a sua mão enquanto prolongava o contato com o olhar.

Jacqueline retornou à sua mesa para desligar o computador antes de pegar a bolsa para ir embora. Só então se lembrara de que havia decidido cuidar de si mesma ao invés de cuidar do amor que não merece atenção.

A vida é mesmo estranha. Quanto mais queremos o nosso sonho, mais o afastamos. E quando, com energia diversa, deixamos de pensá-lo insistentemente, é que se realizam. Espontaneamente.

— Jacqueline? Boa tarde. Rodrigo Antonielli.

Ela estremeceu. Aquela voz não precisava de identificação.

— Olá, Dr. Rodrigo? Como vai?

— Muito bem, obrigado, Jackie, mas sou *Rodrigo*...

— Ah, é mesmo... é que estou em uma reunião e por um momento esqueci o combinado.

— Ligo mais tarde, se preferir.

— Como quiser, mas não é necessário. Me dê um minuto. Estou indo para minha sala e assim podemos conversar com tranquilidade... pronto — sussurra, sentando à sua mesa. — Me diga - o que achou do seu livro diagramado?

— Muito bom trabalho! Fiquei em silêncio estas semanas porque tive muitas cirurgias no Clínicas Unidas. Este mês tem sido bem complicado.

— Não sabia que fosse cirurgião também.

— Sim, cirurgião geral. Venho de alguns anos de experiência de pronto-socorro.

— Eu não conseguiria nem pensar em trabalhar em um pronto-socorro...

— Tem casos complicados, mesmo, mas a minha vontade de ajudar as pessoas me dá o destaque necessário para não me envolver emocionalmente na situação. É tudo uma questão de perspectiva, como em tudo na vida, aliás. Você está em uma reunião; não quero disturbá-la.

— Agora não mais; podemos falar. Estou em minha sala e você não disturba nunca. Que bom que gostou do livro! Agora precisamos pensar na capa. Se tiver alguma foto inerente, ou que goste, envie-me e eu repasso para a avaliação da capista. Depois decidiremos juntos.

— Farei isso hoje mesmo porque amanhã volto para Campinas e depois ficará mais difícil.

— Perfeito! Tenho também algumas ideias, mas prefiro aguardar suas sugestões. Gostaria de vê-las primeiro.

— Você está me dando total liberdade para publicar o meu livro assim como o tenho em mente. Desse modo ele será como eu gostaria que fosse. Isso é muito bom.

— Os projetos variam muito, Rodrigo. Na verdade, depende de cada autor. Não gosto de seguir clichês. Se o escritor consegue levar o próprio projeto adiante, eu gosto de deixá-lo livre para que ele se expresse como quiser. Eu interfiro profissionalmente apenas quando vejo que ele/ela se afasta da linha proposta para a sua obra.

— É mais difícil trabalhar assim. É necessária uma boa dose de dedicação a mais.

— É verdade. Mas acredito que cada livro já tenha a sua própria vida antes mesmo de ter sido escrito. Por isso precisa nascer sozinho, ou quase... estou falando de um livro verdadeiro, okay? Não de exemplares para colocar à venda, simplesmente. Um livro tem a sua própria personalidade e é importante não abafá-la ou querer modificá-la. É preciso respeitá-la, assim como fazemos com as pessoas. Esse é o meu trabalho. Eu ajudo a criar livros, fazendo com que eles nasçam. Caso contrário, estarei apenas imprimindo páginas.

— Seu trabalho é muito bonito, Jacqueline.

— O seu também é, Rodrigo! Ficamos assim, então. Aguardo seu e-mail com a sua ideia de capa para "O sabor da alimentação saudável".

— Combinado! Em breve você receberá o material.

— Ótimo, estarei esperando.

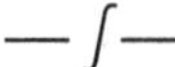

Mais um dia iniciou com uma reunião, que se prorrogou até a tarde por causa de Elênia. A diretora só colecionara chamadas naquela manhã, embora impedisse à assistente tanto de retornar à sua sala quanto ao próprio trabalho. Mais uma vez Jacqueline precisou trabalhar entre um telefonema e outro que a proprietária recebia ou fazia, tomando algumas decisões mentalmente e repassando em breves anotações o que faria depois daquele tempo morto, esperando que a chamada terminasse. O desprezo de Elênia pelo trabalho de quem quer que fosse era irritante. Entretanto, havia uma única pessoa para quem ela estava demonstrando mais paciência nos últimos tempos.

Alice. Tudo o que ela dizia era ouvido quase com certo entusiasmo, embora, por muitas vezes, a sua opinião não fizesse sentido algum. Estranhamente a recém-chegada conseguiu até modificar a opinião da proprietária da Só Letras em algumas ocasiões. Poucas, é verdade. Mas mudou. Desde os primeiros dias a responsável pela gráfica passou a ser uma espécie de "intocável" dentro da editora. Jacqueline não sabia nada sobre ela, apenas que havia sido contratada a pedido de Mafalda – e sobre isso Elênia havia sido muito explícita.

Todavia, era Jacqueline quem tinha a verdadeira paciência. Aceitava tudo sem pestanejar ou opor-se porque, no final das contas, a estressante condição de trabalho era certamente uma grande vantagem para ela. Além de ser uma grande aprendizagem, ela tinha a oportunidade de ter toda uma editora em suas mãos. Não queria desperdiçar o excelente benefício da situação de aprender tudo, rapidamente. A sua persistência em tolerar e deixar passar certas coisas baseava-se em seu modo de pensar – fazer o que não se quer para poder fazer o que deseja no futuro, da mesma forma que fez quando decidiu terminar o curso de Jornalismo algum tempo atrás.

Havia retornado à sua sala há pouco para finalizar algumas pendências – e se tivesse a sorte de não ser chamada novamente por Elênia para iniciar uma nova tarefa, urgente, como todas as outras, conseguiria até terminá-las. Desejara com todas as suas forças que fosse meio-dia por tanto que ainda deveria fazer, não as seis e meia da tarde que viu no relógio do seu computador.

Ouviu passos familiares no corredor. Reconheceu a força daqueles passos, que fizeram com que os problemas desaparecessem por magia, de novo.

— Desculpe-me ter vindo sem avisar, Jacqueline...

A surpresa daquele instante fez os olhos da assistente brilharem. Seus lábios se abriram em um sorriso sincero.

— Eu queria enviar algumas fotos para a capa do livro por e-mail, mas como o arquivo era muito pesado, resolvi passar...

— Rodrigo! Que surpresa! Fez muito bem. Entre!

Jacqueline não conseguiu esconder a sua alegria em revê-lo e o tom profissional que tentava manter nos encontros com Rodrigo na Só Letras foi completamente esquecido.

— Já passa do horário, mas decidi arriscar porque lembro de que uma vez me disse que raramente saía cedo do trabalho. É rápido – hoje não te deixo ir embora tarde como as outras vezes...

prometo! Mesmo porque quero só entregar esse pen-drive, onde memorizei algumas imagens.

E apoiou o dispositivo sobre a sua mesa.

— Lembrou muito bem, é assim mesmo. É quase raro para mim sair no horário... mas estou curiosa. Deixe-me vê-las...

O que deveria ser rápido acabou tornando-se um encontro em forma de *brainstorming*. Os assuntos chegavam naturalmente entre opiniões, sugestões e ideias de ambos sobre a capa que melhor representaria o livro entre algum rápido comentário sobre detalhes da vida ou da personalidade de cada um. Realmente inevitável conversar sobre tudo com a conversa que fluía daquela forma tão natural! A escolha final da capa, com textos e imagem, chegou bem mais de uma hora depois.

— Concordo com você. Essa é perfeita. Então, esse será o rosto do seu primeiro livro!

— Que bom, Jacqueline. Gosto muito dessa foto e preciso confessar que eu não estava disposto a renunciá-la — o sorriso que lhe chegara ao rosto era seu cúmplice; dava-lhe ainda mais luz em seus olhos.

— Para mim é sempre uma emoção quando um manuscrito ganha vida e personalidade em uma capa. De agora em diante tudo vai ser mais simples e em poucos dias lhe telefono para que aprove o layout final.

— Estou muito satisfeito que a Só Letras tenha decidido publicar o meu manuscrito, mas estou muito mais contente ainda que você o esteja preparando. Sinto todo o seu carinho pelo meu livro.

— É que eu amo os livros. Dizem que não somos nós que os escolhemos, mas ao contrário – são eles que nos escolhem.

— Também acredito nisso.

— Para mim é uma certeza. Sabe, eu leio muito e acabo sempre lendo aquele que, de alguma forma, vai me ajudar, trazendo-me algo de bom para aquele período da minha vida. É incrível! Às vezes me traz a resposta que eu estava procurando ou uma ideia em uma única palavra ou exemplo. Já me aconteceu muitas vezes, como é raro que eu não consiga terminar um livro. Quando começo a ler geralmente não paro, vou até o fim. Mas com alguns não consigo passar das primeiras páginas. Então, quando isso acontece, não insisto. Coloco-o novamente em minha estante e o deixo lá. Algum tempo depois, anos até, como já ocorreu também, por algum motivo pego aquele mesmo livro e recomeço a leitura: é quando ele me traz a mensagem que estava precisando ou querendo ouvir, que aprendo ou recebo a resposta que eu queria naquele momento, "sem querer".

— Você é muito sensível, Jacqueline. O tempo passa muito rápido ao seu lado. Por falar nisso, olhe que horas são. É muito tarde, de novo!... não adianta. Eu sempre atraso o teu horário de saída!...

— Não é um atraso, Rodrigo... — e o sorriso que surgiu, olhando nos olhos do médico, também foi seu cúmplice.

— Preciso me desculpar e ao mesmo tempo gostaria também de comemorar. Então, tanto para me desculpar, por todos os atrasos, quanto para comemorar, porque meu livro está praticamente pronto, poderíamos sair para tomar alguma coisa se não tiver compromisso, é claro. Além disso, sou bom ouvinte... poderia ser uma ocasião para conversar mais, se quiser.

"Dr. Rodrigo me chamando para sair? Médico, divorciado e bonitão desse jeito?" – o pensamento de Jacqueline voou por um segundo e ela simplesmente não acreditava no que estava ouvindo – ele, gentil, cavalheiro e educado – todo o contrário do que foi Ticiano no último período. Queria dançar, mas não o fez. Embora o termo "último período" estivesse mais próximo a "últimos dois anos e onze meses" da relação que tiveram por três anos. Queria gritar, mas não podia. Queria abraçá-lo, mas se conteve. Estava à frente dele ainda como assistente da editora.

De repente, a sua alegria do momento foi contagiada por um pensamento negativo.

"Hummm, mistura afrodisíaca... mas deve ter alguma coisa errada nisso..."

Por que as mulheres devem sempre pensar que exista algo errado quando estão diante de uma situação que lhes causa, no mínimo, alegria? Jacqueline bateu as pálpebras. Seus pensamentos chegavam e partiam na velocidade da luz.

Uma vez Ticiano dissera que ela havia uma tagarelice mental que não dava paz nem a ela e muito menos a ele. Depois de tê-lo repetido por muitas vezes, passou a dizer-lhe que provavelmente ela sofria de algum problema, na época por ele definido como *overthinker*. Em uma discussão repetiu o termo em tom acusatório, mas em português – síndrome do pensamento acelerado. Quando ouviu o comentário, na época, achou que ele estivesse, como sempre, dizendo uma das suas.

Porém, como a sensação de ter sido insultada pelo próprio namorado não passava, foi pesquisar o termo na Internet e acabou por comprovar que o problema de fato existia. Em seu caso, não se tratava de uma síndrome, lógico, mas Jacqueline realmente pensava muito e precisou admitir que, nisso, até que Ticiano tinha razão. Decidiu que era melhor não pensar em suas impertinências naquele momento.

Também naquele minuto estava tagarelando muito mentalmente, produzindo pensamentos até mesmo bem incômodos. Parou de pensar em seus pensamentos e retornou à conversa com o médico provocante. De qualquer modo, existem momentos na vida nos quais uma mulher decide de se machucar sozinha. E aquele era um deles.

— Seria bom... eu gostaria mesmo de esquecer esse infinito trabalho por um pouco. Mas o que a sua namorada vai pensar?

O diálogo improvisamente tornou-se muito mais interessante para Jacqueline. Agora não podia pensar em nada. Devia só ouvir o que ele tinha a dizer. Apenas um nanossegundo de espera...

— Ela também não pensa nada.

"Como não pensa nada? Resposta meio ambígua, mas até que pode ser positiva", considerou. "Então o campo adversário está livre? Bom, depois de todos os insucessos anteriores... não!" – estava pensando muito novamente! Não podia deixar-se condicionar por sofrimentos passados pelos homens errados que encontrou e amou. Não podia infligir-se essa punição.

Ela não estava à frente de alguém que lhe havia feito sofrer. Ela ainda não conhecia Rodrigo. Ele era uma pessoa nova na sua vida, profissional ou não. Ela é que lhe estava colocando à frente seus antigos sofrimentos e ressentimentos. Precisava tomar cuidado para não dar-lhe esse peso. Não era justo para ninguém. Nem para ele e muito menos para ela. Aquele homem à sua frente não fazia parte do seu passado; estava só em seu presente. E poderia pertencer ao seu futuro. Precisava tomar cuidado. Precisava parar de transferir inconscientemente sentimentos negativos como frustrações, tristezas e incertezas a outras pessoas. Jacqueline ainda não havia aprendido a superar as turbações.

Era melhor abrir-se porque havia decidido cuidar de si mesma e por isto precisava ser direta – era o momento das perguntas inconvenientes novamente, que seria decisivo. O risco de desilusão era grande, mas necessário. O segundo que havia à disposição para continuar em silêncio havia terminado. Rodrigo a olhava – encantado, diga-se a verdade.

—Ehhh... alguém lhe espera em casa?

— Só o meu cachorro...

"O cachorro?! Perfeito! Hora de agir."

— Então, acho que ele possa ficar só mais um pouco sozinho... me aguarde um minuto. Desligo o computador, fecho tudo e saímos juntos. É rápido.

— Não tenho pressa alguma. Posso esperá-la por todo o tempo que precisar – e o sorriso que Rodrigo comunicou à Jacqueline a faz sentir menos sozinha.

Bingo!

$$-\int-$$

Apenas uma repassada e controlada no batom que não saía da bolsa antes de inserir a chave na ignição. Bendito espelho retrovisor; conseguia sempre fazer milagres, com o tempo e as necessidades. Fechou a porta do carro para seguir o do médico, conforme o combinado.

Ele encontrou uma vaga, parou e colocou o braço para fora da janela do carro apontando-a para que ela ali estacionasse e prosseguiu. Jacqueline distraiu-se fazendo algumas manobras; virou a chave para desligar o motor. Enquanto esperava o vidro elétrico subir, viu o médico se aproximando pelo vidro do automóvel.

Rodrigo escolhera um pub com ambiente reservado. O local era muito aconchegante e Jacqueline viu gente alegre e bonita acomodada às pequenas mesas, logo à entrada. Porém, a sua atenção concentrou-se totalmente na voz forte da cantora, que a emocionou por um segundo; envolvia todo o ambiente em uma moldura acolhedora. O soul ao vivo de fundo e a luz suave conferiam intimidade. O sax silenciou a guitarra depois de tê-la ouvido com respeito, complementando-a com uma prolongada resposta harmoniosa. Rodrigo parou à frente de uma cadeira vazia e um segundo depois, sentaram-se. Jacqueline não poderia pensar em estar em melhor local ou companhia naquele momento.

— Não conhecia este bar. Vem sempre aqui?, perguntou, olhando ao redor com um leve sorriso, também no olhar.

— Venho aqui quando quero ouvir boa música. Eles tocam muito bem.

O garçom se aproximou da mesa e entregou uma pasta de couro marrom à Jacqueline e outra a Rodrigo.

As horas passaram rápido de novo. A boa energia entre eles convergia em interesse ainda maior para ambos na conversa sem momentos de silêncio ou embaraço. A impressão era que se conhecessem há anos. Não conseguiram parar de conversar nem quando decidiram ir embora. Continuaram conversando no estacionamento, apesar do frio da noite.

— Está ficando tarde. Amanhã levanto cedo e você ainda vai fazer algumas horas de estrada.

Rodrigo parou de falar por um segundo. Olhou para Jacqueline.

— Estarei em São Paulo por esses dias; poderíamos nos encontrar...

Deixou o olhar pousado nos olhos daquela bela mulher, ingenuamente sedutora. Pegou sua mão, aproximou-se de seu corpo e a sua boca procurou os lábios de Jacqueline.

O medo é mesmo uma má companhia. Coloca obstáculos onde não existe e ainda cria a ilusão de estar fazendo a coisa certa para a autoproteção. O medo de machucar-se sobrepôs-se mais uma vez. Jacqueline recuou diante do que ela mais queria naquele momento, colocando delicadamente a sua mão sobre a boca de Rodrigo, quase para fazer-lhe um carinho no rosto.

— Vamos deixar as coisas como estão. Se tiver que acontecer, vai acontecer, naturalmente...

— Ainda não se sente pronta, não é mesmo?

— Ainda não...

— Eu te respeito e compreendo mais do que ninguém, acredite, mas não pense que precisa se recuperar porque está só confundindo os sentimentos. Você está pronta para um novo relacionamento, só que ainda não esqueceu a dor e a desilusão pelo que lhe fizeram. Por isto diz que precisa se recuperar – na verdade está apenas perdendo tempo. Lembre-se de uma coisa: nunca deixe que a tristeza pelo que te fizeram condicione o teu presente e muito menos o teu futuro...

— É verdade, você tem razão, fiz isso mesmo... passei algum tempo sem querer um relacionamento e agora estou agindo da mesma forma. Não posso me privar da felicidade só porque já sofri.

— É instintivo, Jackie. É autoproteção. Mas todos nós sofremos, de um modo ou de outro. Como esse não é um raciocínio consciente, as pessoas se escondem em si mesmas e deixam de viver, deixando escapar o que poderia ser até felicidade para elas. Não faça isso! Você não quer ficar comigo, okay, não é disso que estamos falando. Mas não faça isso com você mesma, porque não há nada de autodefesa nisso. É apenas um mecanismo que a mente humana cria sem que percebamos a rede de autossabotagem que nós mesmos estamos construindo. E por isso repito: gostaria de te ver de novo. Eu estou bem com você.

— Eu também estou bem ao seu lado...

— Você tem meu telefone, Jacqueline. Ligue-me, se quiser... puxa! Só agora percebi como está frio! Vamos embora?

*A*o chegar, naquela manhã, sentou-se em sua cadeira, ajeitando-se para estar confortável à frente de sua mesa com a alegria de quem tem novamente todo um mundo para viver.

A pouca vontade de trabalhar dos dias anteriores não era mais do que uma lembrança. Aliás, nem se lembrava mais dessa sensação de desconforto. Para Jacqueline, agora, só existia o presente. E o futuro.

Ao contrário, a expressão do rosto de Elênia, que deixou de ser mal humorada para tornar-se definitivamente carrancuda, por si só encarregava-se de tirar a alegria de quem quer que lhe permanecesse por perto. Nem precisava muito. Bastava apenas olhar para ela. Jacqueline inspirou de modo profundo. Queria conter o entusiasmo, mas nem precisava se esforçar para isso enquanto se dirigia à sua sala para conversar com a diretora. Embora sabendo que fosse um assunto que acreditava ser fundamental para a Só

Letras, sabia também que poderia ser controverso. Esforçou-se ainda mais para fechar a cara quando elevou a mão com os dedos unidos e tensos para dar duas batidinhas à porta fechada.

— Eenntre.

Elênia estava escrevendo no finíssimo teclado de seu computador branco que, à primeira vista, parecia ser quase tão grande quanto a própria mesa. Fora os acessórios tecnológicos que nem Jacqueline, bastante esperta no assunto, imaginava para que serviam. Todos muito estranhos. Principalmente um deles, uma bolinha com um ponto branco em cima que lhe chamou a atenção em especial; inusual e desconhecido.

Aquela mesa não era como a sua, cheia de envelopes, manuscritos, cadernos, canetas, bloquinhos de anotações, post-it multicoloridos e... livros! Aquela estava muito em ordem para ser um local de trabalho. Não transmitia sentimento algum. Não acolhia nada além do enorme monitor plano com teclado sem fios, tornando aquela mesa tecnológica ainda mais fria, como se quisesse evitar qualquer contato com a realidade.

— Queria falar com você. Tem uma novidade no mercado. A Bienal já está aceitando inscrições.

Elênia parou de escrever, olhando-a por cima do monitor com os pulsos apoiados no teclado para ouvi-la.

— Quanto custa a inscrição? — foi a sua única pergunta, mantendo a mesma expressão de total indiferença antes de voltar a digitar.

— R$ 1.000,00. Um investimento muito baixo comparado ao retorno, você não acha? — respondeu entusiasmada. — É uma grande oportunidade que não podemos desperdiçar. É fundamental para a Só Letras participar em uma feira de livros assim importante para fortalecer o nome da editora no mercado.

Jacqueline, exaltada, já imaginava como seria a primeira feira da editora. Borbulhavam em sua mente tantas ideias a serem discutidas com Elênia que as próximas reuniões seriam muito produtivas. Finalmente! Conhecendo bem a feira e a sua importância, queria aproveitar e transferir toda a sua experiência de leitora incansável para o seu cargo de assistente editorial.

Em meio a todo esse entusiasmo, o "não participaremos" que ouviu trouxe Jacqueline à realidade, cujas ideias desapareceram repentinamente. Todas as suas emoções também desvaneceram em um único instante. Ela olhou para Elênia enquanto a sua responsável fixava a tela do computador com maior distanciamento e frieza..

— Mas... pense nas repercussões que a editora pode ter na Bienal! Seriam tantas! — o seu rosto contraído não escondia a sua desilusão e o da empreendedora estava totalmente concentrado na tela do monitor.

— Poderíamos antecipar "O sabor da alimentação saudável" e lançá-lo pouco antes para incrementar o catálogo e a oferta para essa data.

Com visível irritação Elênia continuou digitando no teclado sem se preocupar minimamente com o que a assistente lhe dizia. A impaciência da proprietária tornara-se evidente.

— A tua editora não tem mil reais para gastar na inscrição em uma feira — disse quando percebeu que Jacqueline iria continuar falando.

— Elênia... não é uma feira. É a Bienal!

Parou de digitar para olhar para o telefone que vibrou ao lado do computador. Com o leve ondejar de seus dedos curtos recusou a chamada e continuou com as sobrancelhas corrugadas. De vez em quando digitava alguma tecla.

— Não insista — torceu a boca na duração de um respiro. Lançou o olhar para o canto, olhando para o vazio sem dizer palavra alguma; estava pensando.

Elênia não se disturbou minimamente. Nem com o comunicado da sua assistente, seu entusiasmo ou sua presença. Muito pelo contrário. Continuou escrevendo e parecia até que não a estivesse ouvindo. Não se perturbou nem mesmo quando Jacqueline lhe disse "te garanto que vamos perder uma grande oportunidade". Olhava para o teclado e o monitor, de modo alternado. Seu gélido comportamento pareceu ligeiramente mais descontraído apenas quando ouviu os passos da assistente saindo de sua sala.

— ∫ —

Jacqueline era uma adolescente quando ouviu falar pela primeira vez sobre a Bienal, a qual permaneceu associada a uma lembrança muito querida em sua vida.

Para o seu presente de aniversário seu pai entregou-lhe um envelopinho vermelho com dois papéis dentro. O maior era uma nota, para que ela comprasse o que quisesse. O outro, um papelzinho branco, onde estava escrito:

Com direito a mais um pedido...

Como nenhuma de suas amigas gostava de ler tanto quanto ela, respondeu sem pensar.

— Você me leva à Bienal? Basta me deixar lá...

O carinho com o qual Jacqueline relembrava aquela tarde de domingo, caminhando por entre os longuíssimos corredores do prédio da Fundação, ainda era imenso. Esta lembrança ganhou ainda mais carinho porque nunca conseguiu esquecer a alegria de ver, no mundo dos livros que sempre amou, as pessoas mais importantes de sua família, mas que não gostavam de ler. Estavam lá por ela e todos os seus amores estavam reunidos em um único lugar. Sua mãe, sua avó e sua tia a seguiam, conversando distraída e pacientemente.

— Olhe todos os livros que quiser e não se preocupe com a gente. Nos encontramos na saída, ok? — disse-lhe sua mãe.

90

No entanto, o acordo não foi respeitado. Jacqueline foi "perseguida" por aquelas mulheres por todo o tempo que permaneceu olhando os novos títulos ou simplesmente folheando os livros que mais haviam capturado a sua atenção. Elas caminhavam atrás de Jacqueline, à devida "distância de segurança" dando-lhe espaço para fazer o que bem quisesse.

Por um segundo reviveu aquele momento impresso na memória do coração. Sorriu ao pensar que seu pai e seu avô nem entraram, esperando por elas com toda a paciência desse mundo no bar do local, de moda e bem frequentado.

Lembrava-se até da sacola que recebera em uma das compras onde estava escrito: "Ler pode gerar independência". Como concordava plenamente com essa frase impressa em grandes caracteres vermelhos, guardou todas as outras que carregava e fez-se divulgadora da mensagem, ostentando aquele saco bege de algodão cru com alças com orgulho.

Os muitos livros que comprara foram "devorados" em pouquíssimo tempo, assim como faz até hoje. Aliás, hoje em dia, antes de entrar em uma feira de livros, devido à logística, Jacqueline promete a si mesma não comprar nada, "para não ter que escolher entre quem permanece no apartamento, para não ficar soterrada por livros e muito menos ter que deixá-los no corredor do prédio". Isso diz e nunca faz Em todas as feiras.

"Este preciso ler. Absolutamente!/E este então? Como faço a não comprá-lo?/Olha o preço desse!?/ Ah, não, não posso não comprá-lo..."

E Elênia não encontrava mil reais para a inscrição... - pecado desprezar a leitura, pelo mundo que oferece.

Ela se interessava só pelos livros que produzia e vendia. A empreendedora não conhecia o potencial da feira porque, dos livros que publicava, ela só queria saber o preço – que receberia por eles.

Em apenas algumas horas estariam sentados à mesa Dr. Rodrigo, ao centro, Elênia Giusti à direita e, a seu pedido, Jacqueline, como assistente da editora, à esquerda. Algumas cópias, deixadas em pé à frente da pequena pilha de exemplares, dispostas em forma de espiral, davam movimento à mesa, embelezando-a.

A lista de convidados contava com mais de 500 pessoas, entre médicos, enfermeiros e farmacêuticos, além de familiares, pacientes e amigos do Dr. Rodrigo, incluindo a presença do tal político famoso, que acabou por gerar algumas atenções especiais durante a preparação do evento.

Da decisão de publicar o livro passaram-se dois meses. Agora faltavam apenas os últimos detalhes para a primeira noite de autógrafos para "O sabor da alimentação saudável". Tudo deveria ser impecável. Jacqueline realmente trabalhou muito para a sua primeira organização de uma noite de autógrafos, coordenando e controlando todos os detalhes dos quais estava cuidando desde o início. O livro poderia dar a importância à Só Letras que ela e Elênia procuravam, apesar dos objetivos opostos perseguidos por ambas sob o mesmo teto. Jacqueline acreditava muito naquele livro.

O autor chegara antes do horário marcado. Ela o notou porque a sua presença distinguia-se em meio a tudo e todos.

— Rodrigo de terno e camisa preta com gravata cinza grafite... w-o-w! Nem Can Yaman conseguiria ficar mais sexy... — Todos olhavam para ele, homens e mulheres, cada um com as próprias motivações. Jacqueline modificou a expressão.

— É melhor controlar pela milésima vez se falta alguma coisa.

O combinado entre eles (Jacqueline, Elênia e Rodrigo) era que, após o discurso inicial da proprietária da editora, Jacqueline intercederia falando um pouco sobre a obra para então dar a palavra ao autor.

Jacqueline pensou que finalmente conheceria Mafalda. Pela importância que sua presença "virtual" havia na editora, embora sempre ausente, deveria presenciar um evento assim importante, mas Elênia chegou sozinha, contrariando as suas certezas. Chegou quase como a convidada do último minuto, usando um vestido reto, longo, inteirinho de lantejoulas prateadas sob uma manta de pele de raposa de gosto discutível, embora fosse sintética. Ostentava orgulhosamente o "pelo" de um pobre animal nos ombros.

Pontualmente, na hora marcada, Jacqueline solicitou ao encarregado pela segurança que permitisse a entrada dos convidados que aguardavam impacientemente. Dr. Rodrigo Antonielli havia conseguido reunir um grande número de pessoas para qualquer editora. Ao ver aquela multidão, Elênia logo intuiu que as vendas daquela noite seriam mais do que promissoras para a sua Só Letras.

— ∫ —

Após algumas palavras de boas-vindas, Elênia deu início ao evento dispensando muitos adjetivos ao Dr. Rodrigo Antonielli – *o médico*, cadenciando o termo com muita atenção cada vez que o dizia. Quem o ouvisse associaria a entonação ao respeito com o qual a proprietária se expressava falando do autor. Cada vez que Jacqueline o ouvia, sentia-se aliviada.

Logo em seguida passou a palavra à assistente. Jacqueline ficou momentaneamente perdida. Aquele breve discurso, que deveria ter sido pronunciado pela diretora, era a introdução do que ela diria depois. O problema não era uma questão do que dizer, porque Maria Jacqueline recordava cada palavra que havia escrito para ambas. Faltava o elo forte, que Elênia não consolidara, transferindo mais uma vez a sua responsabilidade à Jacqueline. Tudo estava em suas mãos, como sempre, e ela não sabia que estava por viver uma das situações mais embaraçadoras de sua vida. Nem naquele momento difícil a assistente desiludiu as expectativas de alguém. Muito menos do público presente.

O discurso do Dr. Rodrigo Antonielli envolveu todos os presentes e o champanhe que o seguiu foi servido aos convidados na mesma serenidade e elegância de uma amostra em uma galeria de arte. Aliás, quem chegasse àquela hora da noite poderia confundir o tipo de evento.

As paredes exibiam quadros de um pintor tão desconhecido quanto audaz em suas criações em 3D. O proprietário do local não havia intenção alguma de vendê-las. Rodrigo apreciara muito a presença daquelas obras que certamente enriqueciam o seu evento. A escolha de Jacqueline não poderia ter sido melhor, em sua opinião.

Entre improvisações e readaptações, os convidados respondiam com atenção e entusiasmo e o evento estava sendo o sucesso pelo qual Jacqueline tanto esperava e trabalhou. Porém, Maria Jacqueline via entusiasmo também no grupo de mulheres que disputavam a atenção do autor enquanto aguardavam o próprio momento de receber o autógrafo nos livros que haviam comprado. Havia uma excitação geral no ar. Jacqueline observou, por um segundo, as reações das *senhoras* e de como estavam usando os exemplares adquiridos para fins muito diversos do prazer à leitura.

O sucesso foi realmente inesperado. Até mesmo para Elênia, que nunca perdia uma oportunidade. De acordo com a sua forma de pensar, cada pessoa ou situação deveria trazer-lhe algum benefício e/ou lucro. E naquela situação ela havia ambos.

Com um sorriso forçado aproximou-se de Jacqueline. Sem palavras, induziu-a a acompanhá-la alguns passos adiante segurando-lhe o braço, enquanto distribuía sorrisos hipócritas a todos os presentes com um leve ondejar de cabeça, e a quem quer que encontrasse e/ou olhasse naqueles poucos metros percorridos ao lado de sua assistente.

Junto com a taça de champanhe Maria Jacqueline carregava um papel dobrado onde havia escrito a lista dos livros reservados. Todos os exemplares foram vendidos em poucas horas; precisavam imprimir mais exemplares para entregá-los, assinados. A maior parte dos livros seria enviada ao gabinete do político famoso.

Ainda com sua mão quase apertando o antebraço de Jacqueline, Elênia aproximou sua cabeça à dela e fez-lhe um pedido bem baixinho.

— Invente um desconto qualquer como desculpa para vender mais. Com o preço reduzido muita gente vai comprar pelo menos um livro a mais.

Elênia parou de falar para cumprimentar o senhor de meia-idade que lhe passou ao lado com a esposa exuberante, sorrindo-lhe de um modo cretinamente falso. Retornou seu olhar à assistente corrugando o rosto, sem disturbar-se com a indignação que viu impressa em seu rosto. Aguardava a sua resposta.

— Não podemos fazer isso, Elênia! A maioria dos convidados são pessoas importantes, médicos, diretores de hospitais, habituados a frequentar congressos, eventos da alta sociedade... não podemos fazer descontos como se fossemos um supermercado...! Precisamos manter o profissionalismo.

— Não vê como se comportam essas mulheres? Vão comprar livros só para impressionar o cozinheiro. Aqui todo mundo tem seu motivo para impressioná-lo. São todos uns rufianos. Organize um desconto.

— Por favor, Elênia. Não podemos fazer isso. E ele é *médico*...

— Exijo a tua cooperação, Jacqueline! — avisou a empreendedora, olhando-a seriamente. A expressão séria que permaneceu impressa em seu olhar modificou-lhe o rosto. Era quase uma transfiguração.

A proprietária da Só Letras nunca falara dessa forma com sua assistente, muito menos nesse tom. Por sua vez, Jacqueline realmente não havia outra escolha porque a mensagem dessa advertência era: "Você deve apoiar todas as minhas decisões, sejam elas quais forem." Era essa a verdadeira mensagem – um pacto sem palavras. Do seu lado ou do lado do inimigo; nunca no meio. Para Elênia não existia o meio termo. Apenas se pudesse obter algum resultado.

Com muito embaraço Jacqueline dirigiu-se à mesa, à frente do público, sem ter a mínima ideia do que diria ou faria e pediu um minuto de silêncio. O chiado do microfone atraiu a atenção de todos e os convidados pararam de conversar. O silêncio que se formou a embaraçou ainda mais.

Sentia-se nua perante os presentes. O seu desconforto aumentava com a imobilidade daquele grupo de pessoas. Havia a atenção de todos concentrada em seus gestos e, principalmente em suas palavras. Os olhares que emanavam a alegre curiosidade de toda a plateia eram setas que lhe chegavam diretamente ao coração. Deixou de ver as pessoas para olhar para o fundo do salão, repleto. Focalizar o olhar de alguém em especial a teria desestabilizado. Deveria concentrar-se em ver a plateia como um todo, caso contrário não conseguiria comunicar o que havia sido praticamente obrigada a fazê-lo. Foi o momento mais difícil para demonstrar calma e segurança em sua vida, até então.

Começou agradecendo a atenção de todos – de qualquer modo era um início. Precisava ganhar tempo para encontrar o *motivo justo* para a venda extraordinária de livros que deveria comunicar.

Algumas pessoas que ainda estavam conversando se giraram em sua direção e silenciaram. Também queriam ouvir a novidade a qual ela também desconhecia. Este movimento repentino de expectativa dos convidados criou muita ansiedade para Jacqueline.

Percorreu todo o salão com o olhar e um sorriso nos lábios ainda sem ter a menor ideia do motivo pelo qual todas as pessoas a estavam olhando e ouvindo naquele momento. O silêncio da multidão, imóvel, era quase uma presença perturbadora. Eles continuavam aguardando as palavras de Jacqueline e ela não sabia o que dizer.

Ainda sem ideia alguma procurava palavras sem conteúdo até que tivesse uma ideia.

— Espero que estejam se divertindo.

O salão silenciou; havia chegado o momento. O seu sorriso prolongado tentava manter a conexão com a plateia em um diálogo silencioso. Disturbou-se com a senhora que começou a conversar com o homem e as duas mulheres que lhe estavam ao lado, em semicírculo. Jacqueline não podia aguardar nem mais um segundo. Devia comunicar algo. Nem ela estava suportando toda a tensão que se havia criado.

Começou dizendo, com um leve gaguejar, que "estava ali para comunicar um desconto relâmpago, com a duração de apenas uma hora". As palavras lhe chegavam em conta-gotas. Notou o movimento de um homem vestido com um terno azul marinho que girou o braço meio dobrado para olhar o seu relógio cromado.

Agora o problema – e não uma questão de detalhes, o lema de Jacqueline, – era comunicar o porquê. Evitou olhar para Elênia, cuja presença era fortemente percebida por seu vestido extravagante de lantejoulas. Quase se iluminava. Seu cargo como assistente da Só Letras poderia depender das palavras que estava por dizer.

Evitou também olhar para Rodrigo. O respeito que nutria pelo seu livro, com o qual ela trabalhava com tanto carinho, merecia a nobre intenção que estava buscando naquele instante.

O pensamento "nobre intenção-ação" criou uma associação imediata em sua mente e ela começou a dizer frases, não mais apenas palavras, que saíam de sua boca sem que ela soubesse exatamente o que estava dizendo.

— Tenho o prazer de comunicar-lhes que haverá uma venda exclusiva e o valor arrecadado será destinado à beneficência.

Com o mesmo sorriso embaraçado de antes, mas com muita desenvoltura, continuou explicando que o valor arrecadado seria totalmente destinado ao órgão ou entidade que a editora escolheria. Olhou para Elênia, fazendo um gesto muito gentil com sua mão como a indicá-la. Todos se giraram para olhá-la; o seu sorriso, sorrateiro, era bem diverso do normal.

Elênia era um feixe de luz, não apenas pelo efeito ótico de seu vestido. Sorria em um modo tão hipócrita que Jacqueline precisou deixar de olhar para ela. Não podia vê-la. A proprietária da editora recebendo todos os méritos por seu "altruísmo" quando, na verdade, estava apenas especulando e monetizando a boa fé daquelas mesmas pessoas que a estavam aplaudindo naquele momento.

Aquela cena patética abalou enormemente todas as esperanças de Jacqueline, que ainda esperava por um resultado pelo menos honesto da arrecadação da venda extra. Mais uma vez, Elênia Giusti estava apenas usando as pessoas. Porém, desta vez, com o seu aval, manifestado em fortes aplausos de entusiasmo e aprovação. Foi um duro golpe para as boas intenções do trabalho de Maria Jacqueline Pellegrini na Editora Só Letras.

Enquanto isso, a mensagem que acabara de comunicar, sem ter planejado, começou a surtir efeito. Ainda à frente do microfone, com o olhar que abrangia toda a plateia sem olhar para ninguém em especial, percebeu a onda de pessoas que começou a se movimentar, convergindo-se novamente para um único ponto no salão.

O olhar de Jacqueline encontrou-se com o de Elênia que, ao vê-la, blindou o respiro com a cabeça ligeiramente enfiada por entres os ombros. O rosto inteiro brilhava com a luz do sorriso dos seus olhos como se fossem dois faróis com capacidade para iluminar toda uma sala. Não escondia a sua aprovação.

Em seguida olhou para Rodrigo, que também sorriu para ela, por admiração pelo seu gesto.

Seu sorriso, como resposta para os dois, foi tímido e encabulado. Naquele momento Jacqueline virou a cabeça, desviando-se de ambos os olhares. Viu a mesa onde estavam expostos os poucos livros ainda à venda com a clara consciência de quanto era diversa a vida que sonhara em uma editora. Agradeceu a colaboração de todos e abandonou o microfone.

Mais convidados voltaram a conversar animadamente seguindo aquela onda que se movia de modo mais rápido para o mesmo ponto, em meio a sorrisos de circunstâncias com uma taça de champanhe na mão. Havia muita desconcentração na fila que se estava concentrando de modo espontâneo.

As pessoas aguardavam a própria vez com paciência. Parecia até que se divertiam ostentando a própria presença na fila como se estivessem fazendo algo muito importante. Não tinham pressa, afinal, era um momento de negócios para todos.

Cada pessoa naquele salão havia o próprio motivo para comprar mais um exemplar. Com o "fator sorte" seria possível até obter o resultado desejado, ou mais até. Tudo dependeria dos encontros fortuitos, forçados ou planificados ao comprar um exemplar. Afinal, comprar mais uma cópia significava ter a chance de encontrar e tecer novos conhecimentos, além consolidar e expandir os antigos, agradando também o autor do livro.

Tudo isso ocorria em uma fila, com a silenciosa cumplicidade de todos e valor de investimento muito baixo. Naquele instante, mais baixo até, porque o produto estava sendo oferecido com desconto. "Esplêndida essa ideia" era o que pairava no ar, assim como era palpável a satisfação de todos. Principalmente de Elênia.

Poucos já haviam ido embora com seus livros em mãos. A maioria resistia e permanecia; os contatos podiam aumentar. A ideia de Jacqueline foi muito bem recebida. Ninguém queria perder a oportunidade de aproveitar um evento que acabou por ser muito mais vantajoso do que haviam imaginado. Nem algumas daquelas mulheres.

Rodrigo aproveitou o instante de movimentação e aparente desconcentração geral no final do tempo combinado para a venda extra para caminhar na direção de Jacqueline. Aproximou-se dela com um largo sorriso.

— A tua dedicação transformou minha noite de autógrafos em um sucesso – segurou seu braço com delicada firmeza e aproximou sua boca ao ouvido de Jacqueline para dizer-lhe "obrigado".

— O autor do livro é você. Se o evento é um sucesso, é a Só Letras que deve reconhecer o seu trabalho por tê-lo escrito — respondeu sem conseguir tirar os olhos do médico, que a fixava.

— Que o seu caminho seja de muita Luz, Rodrigo!

Rodrigo não se conteve.

—Jacqueline, olhe – estou todo arrepiado. Não estou brincando.

— O que houve? Falei algo errado?

— Não, de modo algum! Muito pelo contrário — e se deixou levar por um sorriso contagiante. — Você disse a coisa mais bonita que poderia ter dito nesse momento — e, desabotoando dois botões, puxou uma pequena parte da sua camisa preta com gesto decidido para que Jacqueline visse a frase tatuada com letra cursiva em seu peito, logo abaixo do ombro.

— Você leu minha alma... é o que eu acredito e procuro. Acho que precisávamos nos encontrar.

Aproximou-se dela e, com tom duvidoso, disse-lhe em um sussurro "você já estava no meu Caminho?"

Ela não respondeu. Apenas deixou seus olhos no olhar de Rodrigo que compreendeu, pelo pequeno sorriso que enchia todo o seu rosto, que ela também pensava da mesma forma.

O médico abotoou a camisa e retornou ao grupo borbulhante de pessoas que aguardavam por ele com mais de uma cópia de seu livro em mãos.

— Sou eu, abre...

A voz era familiar.

— Por que chegou tão cedo?

— Ainda estava dormindo? Dê uma olhada no relógio...

— Estava... que horas são? Levantei para atender o interfone.

— Conexão com o planeta Terra... meio-dia-de-um-domingo ensolarado-de-verão... combinamos um branch, esqueceu?

— Não esqueci, não. É que perdi o sono e me adormentei só agora de manhã; como a outra noite dormi tarde por muito trabalho, estava cansada... vou me arrumar. Vai falando que eu escuto. Credo, olha que cara... tô com as olheiras de um urso panda.

— Está com a cara inchada, isso sim. Bebeu muito ontem?

— Só uma taça de champanhe. Estava a trabalho. Não podia beber.

— E por que perdeu o sono? Não me diga o nome Ticiano...

— Mais ou menos.

Verônica aproximou-se da porta do banheiro enquanto Jacqueline estava escovando os dentes. O silêncio prolongou-se. Era evidente a sua pouca vontade de Jacqueline de falar sobre o assunto.

— O que aconteceu? Você encontrou com ele?

— Não, e não quero falar sobre isso.

— Quer mudar de assunto? Ok. Então conversamos sobre outra coisa... como foi a noite de autógrafos ontem?

— O Ticiano não me interessa mais. Nem penso mais nisso.

— Está mentindo e sabe disso. Você ainda sofre pelo que ele fez com você.

— Me sinto confusa. Queria entender o que é que eu não fiz. Ou o que deixei de fazer para que ele procurasse outra ao invés de querer ficar comigo.

— Essa tua insegurança te mata. E por isso você ainda o odeia...

— Eu não odeio ninguém. Se eu odeio alguém nesse momento, esse alguém sou eu. Só quero entender o que aconteceu. A branca ou a preta?

— A preta. Com jeans gosto mais com preto. Você nunca vai entender. Te digo isso por experiência. Esqueça. E para isso precisa perdoá-lo.

— Perdoar? Está falando sério? Imagina...

— Eu sei que é difícil, mas se não fizer isso, vai pensar sempre no sofrimento que ele te causou e essa dor não vai passar nunca. Você vai precisar de anos até que se sinta em paz de novo. Então encurte essa estrada, pela qual vai ter que passar de qualquer maneira, e perdoe...

— Agora vou ter que pensar nele como um anjinho, esquecer tudo e fingir que não aconteceu nada? Perdoar? Você falou isso mesmo? Daqui a pouco você vai me pedir para gostar dele como se fosse o meu melhor amigo. Vou de sapato baixo, mesmo. Quero ficar à vontade. Salto alto basta ontem.

— Use o que vai te deixar mais à vontade. Não é isso. Não é nesse sentido. É que a energia do ódio não te leva a lugar algum. Primeiro aceite; dói menos e fica mais fácil. Depois perdoe. É como se conseguisse ignorá-lo de repente, tornando-o uma pessoa indiferente para você mesma. Tente, pelo menos. Confie em mim! Conseguindo perdoar, conseguirá mudar a tua situação nisso tudo. Até para um próximo relacionamento. Não carregue as tuas frustrações por toda a vida. Perdoe, e fique livre de toda essa carga negativa.

— Você está parecendo a Débora. Ela que fala essas coisas.

— A energia do perdão, que se manifesta através do amor, aos poucos transforma positivamente a vida. Senão, vai continuar carregando as cicatrizes do que acredita ser uma injustiça sem conseguir afastá-las. E tudo volta contra você mesma. Só você perde com isso.

— Tá vendo? Igualzinho... são os papos dela!

— Você está me ouvindo?

— Estou Verônica, mas estou ferida. Ele me machucou muito. Esse papo é muito bonito, mas na prática não funciona. A realidade é bem diferente.

— Você está só perdendo tempo. Poderia estar pensando em você mesma, criando o teu futuro. Ao invés disso está remoendo a dor do que ele fez com você, que poderia já ter deixado para trás. O que ele fez é problema dele. O teu problema é decidir o que você fará depois disso. Ticiano não tem mais nada a ver com você ou com tua vida. Feche esse círculo com o perdão. Mude a energia do teu pensamento que a tua realidade muda.

— É humano ter raiva.

— É humano ter raiva, mas você é muito inteligente para ficar cultivando esse sentimento. Você ainda está presa ao passado e às dores que ele te causou. Perdoe. Acabe logo com esse sofrimento. E recomece a tua vida.

— Você está me pedindo o impossível.

— Vai acabar entendendo que isso não só é possível como necessário. Não sofra de novo para ter que tomar essa decisão por desespero. Faça isso agora. Sábio quem muda e se transforma sem precisar passar por uma lição antes do sofrimento.

— Ainda não consigo.

— Então lembre-se de que a lição vai se repetir até que você consiga. Saia dessa página para passar para outra, mais feliz. Perdoe. E a vida vai ser melhor para você.

— Oh... mas você está me desejando outra relação complicada? Pensei que fosse minha amiga...

— Eu sou tua amiga, deixe de bobagem. E se eu te falo é justamente porque quero o teu bem. Não sou eu que estou te desejando. É a vida que vai te colocar na mesma lição até que você aprenda. Se não consegue ainda, pelo menos saia dessa energia/frequência/vibração. Senão você ainda continuará atraindo isso tudo para você mesma sem querer. Precisa recomeçar de um modo diverso...

— Recomeçar é difícil...

— Te garanto que ficar do jeito que está é bem pior.

— Já estou pronta. Vamos?

— *O* que você quer? Vamos pedir uma bandeja pronta como aquela última?

— Hummm... não sei... não estou com fome.

— Que estranho!

— Pois é... acho que vou querer só o *pain au chocolat* que eles fazem. É delicioso! E um café...

— Eu quero essa bandeja, com frutas secas e muffin de blueberry. Hoje eu pago. Olhe... — dando uma leve cutucada no braço de Jacqueline — pegue aquela mesa que acabou de ser liberada...

— Então... o que você queria me dizer?

— Açúcar?

— Não, obrigada. Não consumo refinados...

— Ahhh... é o resultado da contaminação com o doutorzinho saúde?

— Já não usava açúcar refinado antes...

— Eu sei... ei!... já mudou de expressão – estava brincando... não fique nervosa!

— Dizia...?

— Queria te contar uma história muito interessante. Aconteceu quando estivemos em Trento, no norte da Itália, há dois anos. Conhecemos um casal, quando estávamos esquiando, que nos falou de um lago com tanto entusiasmo que nos contagiou. Luís Guilherme me olhou e compreendemos que havíamos decidido naquele momento o passeio do dia seguinte. Fomos de ônibus porque achamos que seria mais divertido, já que seria um passeio de apenas algumas horas pois era véspera de Ano Novo.

O ônibus nos deixou em um amplo estacionamento, que era a referência do local. Vimos bem à nossa frente uma placa com a indicação "lago" e seguimos naquela direção. Estávamos tão maravilhados com todo o esplendor daquela natureza selvagem que nem pensamos em consultar o horário de retorno dos ônibus.

Caminhamos pela estradinha em descida que nos conduzia ao Lago di Tenno e quando o vi fiquei sem respiro por um momento – não nos cansávamos de olhar as suas águas azuis que refletem as montanhas que o circundam com imponência.

Estávamos mergulhados em toda aquela beleza, porém, os apertos no estômago que comecei a sentir com mais frequência me fizeram lembrar que já deveria ser tarde para o almoço. Olhei ao redor, não vi mais ninguém e resolvemos voltar.

Quando chegamos ao estacionamento, tudo deserto lá também! Comecei a ficar preocupada porque, se era tarde para o almoço, deveria ser tarde também para ir embora. Resolvemos comer alguma coisa rápido e partir. Víamos apenas dois restaurantes: um, maior, verde-água, e outro, uma *trattoria*, da qual se via apenas um letreiro retangular, ao fundo do outro lado da estrada.

Optamos por este último e quando entramos vimos que as

poucas pessoas que ainda estavam sentadas à mesa já estavam tomando café. Minha preocupação aumentou ainda mais quando vi a movimentação dos garçons andando com pressa de lá para cá para preparar o salão para a ceia. Te confesso que fiquei turbada porque só então compreendi que estávamos com os minutos contados; dali a poucas horas o mundo inteiro estaria comemorando o ano novo.

Individualizei uma moça atrás do balcão, à frente do caixa, que parecia ser a proprietária. Não sei porquê senti que era simpática e isso me deu um grande alívio; tinha a certeza de que ela iria nos ajudar. Fomos até ela para pedir uma mesa.

Essa moça estava controlando alguma coisa com a cabeça baixa. Pedi uma mesa para dois e ela me olhou só para me dizer "O-restaurante-está-fechado", impassível.

Olhei para o Luís Guilherme, recolhi toda a gentileza que pude naquele momento para continuar sendo educada e lhe disse que compreendíamos perfeitamente, que não queríamos causar atrasos e que nos bastaria um prato de macarrão com o molho que estivesse pronto na cozinha, ou um prato de carne... o que desse menos trabalho para eles. Tentei até um sorriso, para quebrar o gelo.

Ela me olhou de novo e me comunicou, já meia impaciente, que a cozinha estava fechada porque eles estavam preparando a ceia, e abaixou de novo a cabeça, retornando às suas ocupações. Peguei na mão do Gui e fomos embora sem agradecer.

Deveríamos atravessar de novo o famoso estacionamento, aonde chegamos, para irmos ao outro restaurante, que parecia mais chique. Enquanto atravessávamos a pracinha, aproveitei para controlar o horário de retorno dos ônibus. Naquele momento bateu desespero... não havia mais ônibus de retorno para aquele mesmo dia – só no ano novo, como indicava a tabelinha afixada no ponto.

— E como vocês fizeram?

— Preciso te contar os detalhes para que você compreenda o que eu quero te dizer... à entrada do restaurante verde-água, dada a experiência no restaurante anterior, primeiro procurei o dono com os olhos. Em seguida, para não ter que jogar a carta da desesperada que precisa de ajuda, com ar bem despreocupado pedi se ele poderia nos preparar uma tábua de entradas com apenas algumas fatias de queijo ou embutidos. Achei que se o dono não aceitasse um pedido assim tão simples, o destino estaria jogando muito duro com a gente.

Você sabe quem tem a cara de pau entre eu e o Luís Guilherme, né? Olhei para o dono, que estava atrás do balcão lavando uns copos; fiz um movimento rápido com as sobrancelhas, como a convidá-lo a responder afirmativamente. E deu certo, porque ele me perguntou se queríamos vinho também.

Estava racionalizando cada instante para entrar no assunto devagarzinho. Quando perguntei se ele conhecesse o horário do próximo ônibus de retorno, ele me respondeu, com muita tranquilidade, que os horários haviam sido antecipados por causa da véspera de Ano Novo e que não haveria mais algum naquele dia. Havia chegado "o" momento; deveria jogar a minha única carta bem direitinho.

Olhei para ele e lhe fiz uma pergunta de modo bem teatral: "Puuuxa... é mesmo? E por acaso o senhor sabe de alguém que possa nos levar em algum lugar onde tomar um ônibus para retornamos ao hotel?", esperando que ele dissesse "pode deixar que eu os levo". Mas ele apoiou o copo que estava lavando, olhou-me e respondeu: "Ninguém. Hoje vai ser muito difícil arrumar alguém que o faça. Estamos todos trabalhando para a ceia."

— Para complicar...

— Pois é... naquele momento, comer era a última das nossas preocupações. Olhei novamente para o Luís Guilherme e sabíamos que deveríamos ganhar tempo – tanto estávamos presos naquele local e tínhamos que pensar em como sair dali.

Apoiei o capote em uma das cadeiras da mesa que nos foi indicada e fui lavar as mãos. Enquanto me dirigia ao toalete, passei à frente de um senhor sentado à frente do balcão. Lembro-me de que ele estava vestido de modo muito mais adequado ao local do que nós. Ele me olhou, eu lhe disse "buon giorno" e fui ao luxuoso e perfumado banheiro das mulheres.

Sinceramente eu já estava achando que teríamos que bater à porta daquelas casas até encontrar a família que estivesse disposta a hospedar dois completos desconhecidos em uma festa de parentes e amigos na própria casa. Ou então teríamos que procurar uma caverna com um urso que nos protegesse dos animais selvagens daquelas montanhas – já via até as notícias nos jornais do dia seguinte: "encontrado são e salvo o casal protegido pelo urso mais selvagem da região na noite mais longa e fria do ano, em pleno inverno". Estávamos realmente em uma grande enrascada.

— Não entendo aonde quer chegar... o que isso tudo tem a ver com a minha vida?

— É aqui que eu queria chegar – até aquele momento nós ainda não sabíamos que "alguém" já havia solucionado tudo para nós, muito antes que tivéssemos percebido que estávamos em um problema sério. Agora vou te contar brevemente o outro lado desta mesma história – que é a chave de tudo...

Naquela mesma manhã Antônio e Marinella, um casal de aposentados que mora em Milão, decidiram transcorrer as festas de final de ano em Trento. Acordaram cedo, tomaram o café da manhã e saíram para fazer um breve passeio para não perder as poucas horas livres da Véspera. Resolveram visitar a Cascata del Varonne, que não era muito longe do hotel onde estavam alojados.

Chegando lá, giraram, giraram, giraram muito à procura de uma vaga para estacionar o carro, mas não a encontravam. Marinella sugeriu ao marido prosseguir até o Lago di Tenno, que já conheciam, para não retornar ao hotel. Queriam almoçar, mas como o restaurante estava fechado, já estavam para ir embora.

Quando voltei da toalete, a primeira coisa que vi foi a tábua de entradas à mesa com os cálices de vinho e em seguida vi o mesmo senhor, que antes estava sentado, em pé perto do balcão, conversando com o dono. Este senhor me olhou de um modo que logo percebi que estavam falando de mim e de Luís Guilherme.

Na verdade era assim mesmo, porque quando passei à frente deles, o proprietário comentou que aquele casal também queria almoçar, mas que ele não conseguiria contentá-los. Depois, para a minha total surpresa, disse-me que aqueles desconhecidos estavam dispostos a esperar que terminássemos de almoçar para nos dar uma carona. Não podia acreditar no que havia escutado!

Naquele momento olhei para os três – o proprietário e o casal – e disse a única coisa que me veio à mente naquele instante sem falar com o Luís Guilherme: "Então, vamos dividir o almoço, se quiserem. Ficaríamos muito felizes em compartilhá-lo com vocês! Só então olhei para o Gui, que estava sorrindo e fazendo que não com cabeça abaixada.

A tábua de entradas revelou-se mais do que suficiente para nós quatro e almoçamos como se estivéssemos com velhos amigos em uma festa! Durante o nosso almoço descobrimos os motivos que nos levaram a nos encontrar naquele mesmo local.

— Que coincidência!

— Foi realmente uma grande *coincidência*, Jackie — Verônica passou a mão em sua perna mantendo o sorriso que espontaneamente surgiu em seu rosto. — Terminamos de comer e acabou dando tudo certo porque o senhor Antônio nos levou até o hotel.

Impossível imaginar que tudo que aconteceu fosse o resultado de uma conspiração universal. Mas foi isso mesmo que aconteceu. Os céus, que deveriam estar muito ocupados, cuidando deste planeta em condições precárias, em vias de destruição, pararam todas as suas ocupações e preocupações simplesmente para ajudar dois incautos no norte da Itália, quase fronteira com a Áustria, para impedir que dormíssemos ao ar livre nas montanhas selvagens da região em uma noite de inverno rígido em plena véspera de Ano Novo. Eu não teria conversado com Antônio se tivéssemos almoçado naquela *trattoria* como eu tanto desejava. Agora me responde – não acha que tem "alguma coisa" por detrás de tudo que chamamos de uma *simples coincidência*? Será que tudo que você está passando é só uma coincidência?

om o lucro imprevisto da venda dos livros de Rodrigo e de alguns títulos que estavam vendendo de forma lenta, mas inexorável, Elênia começou a desenvolver a ideia que sempre teve em mente: criar uma empresa formada só por mulheres. Uma espécie de "Sex and the city", onde um grupo de amigas saíam, viajavam e trabalhavam juntas. Sob o seu comando e para os seus lucros, naturalmente.

Assinou vários contratos ao mesmo tempo, sem se preocupar muito com quem estava admitindo. O perfil lhe parecia adequado após uma breve leitura, sem perder muito tempo? Contratada! Assim desmembrou a célula-mãe da responsabilidade uma vez concentrada totalmente nas mãos, intuições e criatividades de Jacqueline. Contratou duas pessoas só para fazer o trabalho que Alice fazia, sozinha, um mês atrás. A editora estava publicando vários novos títulos e a gráfica era o departamento mais requisitado dos últimos meses; por isso a maior parte das contratações foram para a gráfica. A nova empresa tomava vida no rosto das novas funcionárias.

Tudo mudou na Só Letras, e não apenas para Elênia. Jacqueline já se imaginava mais tranquila, pensando poder dispor de mais tempo para aumentar a quantidade e a qualidade dos novos livros a serem lançados e publicados, sua real função dentro da editora, que era o que ela mais gostava de fazer.

Dizem que as mudanças geralmente são positivas, porém, ela logo compreenderia que não seria bem assim: a boa novidade foi efêmera e a prospectiva de um trabalho eficazmente organizado e subdividido, onde cada um (cada uma, nesse caso) finalmente receberia o controle das várias segmentações de todo o processo editorial em suas próprias mãos, logo evanesceria.

Compreendeu isto quando a proprietária da editora comunicou-lhe, com alegria, que ela mudaria de sala. Era estranho ver Elênia com o rosto relaxado: era uma expressão inusual para ela. Nos últimos tempos, o aumento de responsabilidades pelo crescimento da Só Letras, que agora possuía vários títulos no próprio catálogo, afetava o humor da empreendedora. Parecia quase outra pessoa.

Estava estabelecido que a partir de então Jacqueline trabalharia na sala de Elênia, ao seu lado. Isso a preocupava, e não pouco. Ela sabia que não conseguiria tolerar essa aproximação com a proprietária por muito tempo. A sua presença constante seria um verdadeiro incômodo; análogas experiências anteriores relembravam-lhe fatos que de positivo tinham bem pouco.

Além disso, duvidava também que trabalhar na mesma sala da diretora pudesse ser realmente mais produtivo. O problema maior, sem dúvida, além da sua personalidade quanto menos pungente, era aquilo que parecia ser a dependência de sua chefa: o telefone. Sendo assim, manter a concentração para continuar lendo os manuscritos no mesmo ambiente no qual a proprietária não parava de falar não era apenas o seu futuro próximo, mas o seu verdadeiro pesadelo.

Outro problema – e desta vez para Elênia – era onde colocar tantas pessoas trabalhando naquele pequeno local ao mesmo tempo. O que ela chamava de "escritório" estava localizado no andar térreo de um prédio antigo na periferia da cidade, cujas funções de toda uma editora estavam, na verdade, divididas entre sala, três quartos, minúscula cozinha e banheiro, com vaso sanitário dentro do box para melhor aproveitamento do espaço.

Já que Elênia havia determinado que as gráficas ocupariam a sua sala, Jackie colocou em sua mesa a plaquinha antes orgulhosamente conservada à porta daquele ambiente, que era o menor quarto daquele minúsculo apartamento. O pequeno quartinho, antes usado para alojar os livros prontos para a venda, agora acolhia Clarice, a responsável pelo marketing, promoção e publicidade. Cecília, a capista, ficaria por enquanto no quarto do fundo do corredor com Clarice, Heloísa, a responsável pelo departamento de vendas, e Jéssica, finanças e contabilidade.

Os livros impressos, prontos para a venda, foram divididos: alguns estavam na sala da diretora, outros nas prateleiras do banheiro acima do vaso sanitário. "Destinados APENAS para a venda. Não para a leitura no local"; comentário (sarcástico) de Elênia Giusti escrito à mão em um papel colado com adesivo e negligência no azulejo.

Henrique, o marido de Elênia, também entrara na editora como funcionário, apesar de suas esporádicas aparições. Era o advogado da empresa revolucionada sem mesa de trabalho simplesmente porque não mais havia espaço físico disponível.

Jacqueline e Rodrigo não se encontraram após a primeira saída juntos e nem se viram mais depois da apresentação. Ambos estavam muito ocupados com seus respectivos trabalhos, mas cada um havia o próprio motivo para não procurar o outro. Jacqueline ainda se sentia dividida entre as novas e antigas emoções. Rodrigo estava saboreando a sua liberdade.

Passaram-se muitos anos entre namoro, convivência e casamento para que o médico pensasse em reconstruir um futuro – horizonte inconcebível para ele naquele momento da sua vida, ao contrário de Jacqueline, que procurava o grande amor.

Ele precisava da relação que pudesse incluir apenas em seu presente. Naquele momento podia sair com quem quisesse e em plena luz do dia. Podia se comportar nas festas como não o havia feito por muitos anos. Muitas mulheres jovens, não tão jovens, ricas, nem tão ricas, ou com pretensões de o ser – e aquelas educadas para dizer apenas o que acreditavam que os homens gostariam de ouvir – batiam à sua porta. Embora pudesse saborear a ideia da atual condição de ótima posição social proporcionada pelo seu excelente trabalho, em liberdade queria viver a vida novamente. Ele também não estava ainda pronto para um relacionamento sério.

De qualquer forma, mais do que sentir-se à vontade com Jacqueline, Rodrigo nutria um sentimento por ela. Ambos procuravam um novo relacionamento, mas de modo diverso.

O primeiro dia da nova organização mostrou à Elênia que a revolução não significava apenas subdividir tarefas e delegar funções. Em seu parecer, era necessário impor leis férreas para o cotidiano e um pouco de sossego para todas aquelas mulheres porque ela mesma as pagava, até para ouvir todos os estalidos fortes que a máquina de café produzia continuamente que tanto a irritavam.

Não compreendia também porque a porta do banheiro abria e fechava de modo constante. Outra questão que precisava entender era porque a nova equipe caminhava tanto, sabe os céus por qual motivo. Decidiu acabar definitivamente com toda aquela passarela. Para isso, elencou as novas mudanças em um e-mail que repassou a todas com efeito imediato. Assim que terminou de compor o texto enviou uma mensagem também ao senhor "faz-de-tudo" aposentado para vir e retirar o dispensador de água potável de vinte litros do corredor.

A primeira indicação da lista especificada no texto que comunicava as novas regras enviado a todas as recém-contratadas era bem explícita: todas as funcionárias dispunham rigorosamente de apenas uma pausa de dez minutos, no meio da manhã e outra à tarde para ausentar-se da própria mesa de trabalho. Fora do horário estabelecido não havia válidos motivos para isso, informava o comunicado com letras grafadas em itálico, exceto se chamadas pela diretora executiva. Autodenominação. Conferia poder e imponência, características muito congeniais ao caráter de Elênia.

Por outro lado, a reação das recém-contratadas foi unânime: compreenderam perfeitamente o tipo de pessoa com a qual passaram a lidar. De qualquer forma, todas respeitavam a proibição e durante o trabalho, permanecendo sentadas por mais tempo, notaram que no lugar do galão de dez litros de água havia uma mesa branca com cadeira vazia.

Não foi apenas o espaço físico da nova editora que se tornou decididamente apertado. A chegada de várias pessoas complicou ainda mais os dias de Jacqueline, que transcorriam de modo ainda mais agitado do que o usual por ser muito requisitada também para solucionar as dúvidas e problemas de cada uma das recém--contratadas.

Por sua vez, Elênia nem imaginava – ou fingia não imaginar – a quantidade de solicitações a mais que pesava sob as costas de Jacqueline, agora com responsabilidades exarcebadas. Os primeiros dias foram realmente difíceis, mas com o transcorrer das semanas as novas colegas de trabalho passaram a ser um pouco menos dependentes de seus conselhos e indicações.

O caos era geral. Para todas. Exceto para Elênia, que começou a desenvolver um narcisismo intensificado, digno de uma primeira-dama ou estrela de cinema. Até seu modo de vestir mudou. Passou a usar vestidos que pareciam ter saído de capas de revista, com lenços esvoaçantes como uma pin-up dos anos 60. O seu armário diversificou-se muito e o valor de algumas combinações de vestidos, sapatos e bolsas de marca (desde sempre a sua grande paixão) que passou a usar diariamente pagaria, sem dúvida alguma, o salário mensal de uma das suas funcionárias.

Em pouco tempo todo o ambiente havia sido transformado, permanecendo inadequado para todas, enquanto Elênia praticamente deleitava-se ao ver pessoas trabalhando duramente para ela. No dia-a-dia a sua vida no trabalho pouco mudou; além de começar e terminar conversações de modo contínuo por telefone fazia bem pouco. Algumas vezes colocava a chamada em viva-voz para que Jacqueline ouvisse e decidisse o que ela mesma precisava resolver. Outras, ia ao banheiro apertando o telefone contra o ouvido. Todas ouviam a porta que se fechava com firmeza, restando apenas a sua voz abafada. De qualquer forma, trabalhar, para Elênia, tornara-se "momentos de alegria". O tempo e a vida de todas aquelas pessoas estavam em suas mãos.

As funcionárias terminaram o dia de trabalho pontualmente às dezoito horas. Restou apenas Jacqueline, que havia passado um dia mais complicado do que o normal, e decidira aproveitar a ausência de todas para ler os manuscritos, em paz. A existência e sobrevivência da Só Letras dependia deles também.

Jacqueline tentava ler, mas estando na mesma sala com Elênia, que conversava continuamente, era impossível. Ela olhou o horário na tela do computador e se levantou. Estava recolhendo alguns envelopes amarelos quando Elênia, por fim, apoiou o celular em sua mesa.

— Até você vai embora? Muito bem. Hoje não consigo falar com ninguém. Nem com a Mafalda...

O telefone começou a tocar novamente, mas ela recusou a chamada.

— Quero ler alguns originais e não estou conseguindo. Vou para casa. Depois de um banho, terei mais concentração. — Jacqueline respondeu, aborrecida.

— Não entendo como essas meninas vão embora sem terminar o trabalho. Amanhã vou pedir que entreguem o que estavam fazendo hoje às nove e meia, assim aprendem como é que se trabalha. Não é possível que passem o dia todo fingindo trabalhar.

— As meninas estão trabalhando duro. Tenho certeza disso porque não temos atrasos, já que o nosso trabalho é interligado e interdependente – é uma cadeia, uma depende da outra. Posso te garantir que estão trabalhando bastante. E bem.

A proprietária sabia disso, mas olhou para a sua assistente como se ela estivesse dizendo o maior absurdo deste mundo. Jacqueline era uma das poucas pessoas que lhe dizia as verdades, embora nem sempre bem apreciadas ou aceitas.

— Podem dar mais. — disse com negligência e acrescentou: — Mesmo porque... o que têm para fazer além do trabalho?

Jacqueline pensou em dizer-lhe que as funcionárias, assim como ela mesma, tinham muita coisa para fazer na vida, mas preferiu não dizer nada. Preferiu controlar a língua e o mau humor para não se arrepender depois. Além do mais, ela também queria encontrar um bom momento para conversar com a proprietária, que não era aquele, definitivamente. Nem para Jacqueline, irritada, e muito menos para Elênia, que parecia mais interessada em continuar com suas infinitas conversações.

— Eu queria conversar com você.

Que coincidência. Jacqueline também queria.

Por um segundo pensou estar errada. Talvez Elênia estivesse atravessando um período de transição devido ao sucesso que chegara de modo improviso, trazendo situações desconhecidas difíceis de elaborar também para ela – e não apenas no trabalho, que nunca conhecera bem, embora tivesse adquirido mais prática com a cotidianidade. Tentava compreendê-la sob um ponto de vista humano.

A empreendedora levantou-se de sua grande e alta cadeira de couro preto para pegar a sacola branca ao lado de sua bolsa, deixada no peitoril saliente logo abaixo de sua janela.

— Ganhei um vinho da Mafalda, esses dias; não quis levá-lo para casa — disse puxando a garrafa da sacola retangular. — Vamos abri-la?

A diretora pegou alguns copos de plástico da gaveta de sua escrivaninha, apoiou a garrafa em sua mesa, tirou um sapato com uma das mãos e apoiou a ponta do salto na rolha, batendo-o devargazinho, mas com firmeza, até que penetrasse.

Com naturalidade puxou a rolha inserida no salto, colocando-a sobre a mesa, e dobrou a joelho para trás para calçar o sapato. Fez uns três ou quatro movimentos circulares com o pé já quase dentro do calçado, encheu um copo e perguntou:

— Posso encher um para você também? — disse, aproximando a garrafa ao copo sem versar o líquido.

O gesto inesperado de Elênia anulou completamente qualquer tipo de ação ou pensamento de Jacqueline, que a observava em silêncio sem piscar.

— Não, obrigada. Tomei um remédio e não quero misturar — a resposta foi ainda mais pronta do que o gesto inusitado.

Com um único movimento Elênia pegou o copo plástico novamente. Em muito menos tempo do que fizera para enchê-lo, colocou-o sobre a mesa, vazio. Quando pegou a garrafa para encher o próprio copo pela terceira vez, a conversa mudou, assim como sua expressão e tom de voz. O celular reproduziu algumas notas de uma música irritante. Elênia olhou o aparelho e com apenas uma mão apertou-o, girando-se, para permanecer frente à Jacqueline.

— Eu preciso falar com alguém. — Tomava o vinho em pequenos goles olhando para o copo.

— Pode falar. É sobre as novas contratadas?

Elênia pegou a garrafa e encheu o próprio copo mais uma vez. Mas não bebia. Observava. Enquanto isso, o álcool já havia alterado a sua crônica seriedade. Olhou para Jacqueline que a olhava, esperando que ela começasse a falar.

A Elênia que queria conversar com Jacqueline não tinha, naquele momento, a arrogância de todos os dias, a superioridade para com todos, nem a prepotência de quando enviava e-mails ou comunicava uma ordem absurda de serviço. Nem quando assumia comportamentos inadequados nas apresentações de livros. Estava mais solta, mais autêntica. Era apenas uma mulher qualquer, com problemas, isto era claro, querendo conversar. Mesmo que apenas por alguns instantes, tornara-se vulneravelmente "humana", muito longe e diversa da pérfida e insensível empresária de todos os dias e de todas as situações.

— Na verdade... bom, vou te contar uma coisa que nunca contei para ninguém. Só a Mafalda sabe disso.

— Confie em mim.

— Muito bem. Eu confio. Por isto vou te contar. Preciso confiar. Eu não caí, Jacqueline. Ou melhor, caí, mas o tombo teve o seu por quê.

— E o que aconteceu, então?

— Eu tive uma discussão furibunda com o Henrique. Ele se alterou muito, me deu um empurrão com violência e veio para cima de mim com aquela cara delirante que ele tem quando perde o controle. Me virei para proteger o rosto e caí em cima do braço.

— Elênia... mas é gravíssimo! E se entendi direito não é nem a primeira vez que isso acontece.

A proprietária olhou seriamente para a assistente e coçou o nariz com um gesto muito amplo. Jacqueline teve a impressão de que ela quisesse esconder seu rosto naquele momento.

— Não... lembra quando você estranhou por estar usando manga comprida... mas ele nunca foi tão além como aconteceu na semana passada. Ele me olhava com uma ferocidade nos olhos que achei que as coisas iam acabar muito mal. Como tivemos outra briga violenta hoje de manhã, achei que iria levantar a mão novamente. Agora estou assustada.

— Você já o denunciou?

— Não posso. É... pelas crianças. Isso. Pelas crianças. Tenho medo de perder a tutela das minhas filhas, entende?

— Elênia - mas é ele quem vai perder a tutela das filhas. É ele quem está te agredindo!

— Sim, mas pela lei... bom, na verdade as coisas são mais complicadas do que parecem. Muito mais do que aquilo que você possa imaginar. Não estou aguentando tanta pressão; estou muito nervosa. Mas esqueça - é melhor esquecer o assunto. Esqueça que conversamos sobre isso.

— Ok, como achar melhor. Mas se quiser ajuda, é só falar.

— Nem preciso te pedir para nunca comentar isso com alguém...

— Claro, imagine. Confie em mim. Para terminarmos esse assunto para sempre, se assim preferir, deixa eu te dizer uma coisa. Sei que pode parecer estranho para você, mas por que não faz meditação? Tenho certeza de que te ajudaria no problema com o Henrique; pelo menos você ficaria mais tranquila para raciocinar melhor...

— Eu não preciso meditar em nada. Conheço muito bem o problema que tenho com o meu marido.

Jacqueline não respondeu. Fingiu que concordava em ter feito uma sugestão inapropriada.

O sonho de uma empresa feita só por mulheres estava muito apertado, fisicamente falando. A encarregada pelos recursos humanos teve que ocupar a mesa encaixada no espaço disponível inventado naqueles poucos metros quadrados que antes alojava o distribuidor de água potável.

Jéssica, por sua ocupação, passava o dia no telefone, assim como Elênia, útil em seu próprio trabalho tanto quanto um olho mágico em uma porta de vidro. O que todas percebiam era a frequência das suas conversas com Mafalda e Henrique que, a julgar pelas suas expressões faciais, deveriam ser bem sérias. Ouviam-se muito estes nomes na editora, ultimamente.

Estava ficando cada vez mais impossível para Jacqueline trabalhar naquelas condições. Ela precisava ler e as colegas, falar. Com exigências diversas de trabalho em uma mesma sala, só uma coisa era certa: Elênia não havia considerado minimamente as necessidades individuais na composição dos grupos. Com apenas um mínimo de atenção, as salas seriam ideais para todas. Contudo, nada de estranho – as exigências por ela consideradas eram apenas as suas, e as de alguém que estivesse por perto, se ela pudesse ser beneficiada com aquela atenção em algum modo.

Jacqueline conversava com todas as colegas, mas era com Cecília, a capista, quem lhe estava mais próxima. Ambas precisavam se reunir com frequência cada vez maior porque a Só Letras estava publicando uma quantidade considerável de livros, embora não fosse apenas o trabalho que as aproximava.

Em cada conversa sentiam que haviam muito em comum. A relação passou a ser amigável principalmente pela notícia que Cecília revelou à Jacqueline em uma das pausas no meio da tarde.

— Jackie, posso falar com você? Queria te contar uma coisa!

— Temos uma reunião agora...

— É rápido – só um minutinho! Vamos conversar ali que não tem ninguém... — Jacqueline percebera que Cecília estava diferente – estava ainda mais bonita. Havia uma luz diversa em seus olhos e estava radiante.

— Por enquanto é um segredo!

— Parece que ultimamente todos têm um segredo para me contar... é bom saber que as pessoas confiam em mim!

— É verdade. Confio em você mesmo sem te conhecer bem....

— Que bom! Em geral as pessoas me falam isso mesmo...

— Então é porque você é mesmo de confiança... mas... o que eu gostaria de te dizer... se por um lado estou extremamente feliz, por outro estou muito preocupada.

— Assim você que me deixa preocupada. O que houve?

— Estou grávida, Jacqueline! Fizemos o teste ontem!

O abraço surgiu espontâneo.

— Que notícia maravilhosa, Cecília! Fico muito feliz por você!

— Estou nas nuvens, acredite, mas o problema é o momento... comecei agora a trabalhar depois de tanto tempo desempregada...

— Compreendo perfeitamente. Mas não tenha medo. Elênia vai entender.

— Vou falar com ela assim que der. Deseje-me boa sorte!

— Já tem o meu desejo de boa sorte – para você e para essa vidinha que está chegando... – acarinhou-lhe a barriga. – Agora precisamos ir. Todas já foram, e uma coisa que Elênia não tolera é atraso!

As amigas entraram quando todas as outras já estavam sentadas à mesa. Elênia chegou logo em seguida.

— Já temos o briefing, Jacqueline? — e deixou sua pasta à mesa depois de um rápido "boa tarde" geral.

— Sim, claro. Já reuni todo o material. Precisamos só enviá-lo ao revisor. Por falar nisso, quem fará esta revisão?

— A Mafalda vai me dizer e te comunico em seguida. Muito bem. O Henrique está para chegar e ele vai dar continuidade à reunião. Precisamos discutir sobre o target a ser alcançado nesta semana.

O celular de Jacqueline vibrou rapidamente. Elênia olhou para o seu.

> *"Se não tiver compromisso,*
> *podemos sair para jantar.*
> *Passo às 9? Não me diga não...*
> *quero te fazer uma surpresa!"*

— Jacqueline, me passe a relação das vendas deste mês... Ouvindo Elênia, ao longe, identificando naquela voz a sua normal pouca paciência, instintivamente manteve os olhos abaixados. Por alguns instantes ausentou-se, protegendo-se em seus pensamentos. As palavras daquela mensagem provocaram-lhe uma alegria difícil de conter.

A forma pungente com a qual Elênia modulara a mesma pergunta foi o que trouxe a assistente de volta à reunião feita com todas as funcionárias da Só Letras juntas pela primeira vez.

— Precisa de um café, Jacqueline? Está distraída hoje...

Elênia observou a assistente que ainda estava de cabeça abaixada. Estava tão contente com o que havia acabado de ler que não olhava nos olhos da mulher sagaz que era a proprietária, que teria intuído que algo bom estava acontecendo.

— Maria Jacqueline – está apaixonada? Estou te pedindo há meia hora uma relação... pode providenciar ou vou ter que fazê-la?

Sem dizer nada, Jacqueline levantou-se. Com desdenho deixou uma folha em sua mesa.

Elênia, por sua vez, jogou os olhos para o canto, olhando para o nada, sem pronunciar palavra alguma, torcendo a boca na duração de um respiro. Pensava, e a sua expressão não era de aprovação. De repente, sem aviso algum, recolheu suas coisas e disse que iria sair.

— Muito bem. Provavelmente não voltarei mais, hoje. Jacqueline, se precisar, mande mensagem. Se for importante, ligue.

— Ok, mas as meninas querem falar com você – marcamos a reunião para encontrar uma solução aos problemas que elas estão enfrentando com o programa da gráfica.

Elênia encolheu os ombros.

— Resolva com elas.

Recolheu alguns papéis, pegou a pasta e a bolsa e foi embora, sem mais.

$\mathcal{D}$e novo na frente do armário, mas desta vez sabia perfeitamente o que usaria. Desta vez era diverso.

O frio da noite aumentava a excitação de Jacqueline no vestido preto longo e alças bem finas, cujo decote profundo drapejado realçava os seios bem feitos. Os amplos cachos dos cabelos estavam soltos e perfumados; toques de perfume evidenciavam também algumas partes do corpo com malícia.

— A última surpresa que me fizeram revelou-se o desastre absoluto, mas esta é diferente... sinto que é!

Num gesto rápido pegou a pequena pochete e fechou a porta de sua casa. À frente do prédio já estava estacionado o veículo que fazia toda a diferença em sua vida. Entrou no carro e ouviu o som da porta que Rodrigo fechou com uma batida delicada, porém firme, ao seu lado.

— Vou te levar em um local que vai adorar! Quero te fazer uma verdadeira surpresa...

Jackie uniu as mãos batendo-as levemente em um gesto rápido, por alegria e entusiasmo.

O carro começou a avançar e ela perguntou aonde iriam.

— Vai adorar - só posso te dizer isso! Não posso te dizer mais nada...

— Ahh... então me dê um indício... ou então me diga uma palavra que resuma este local para você...

— Humm... prefiro que veja. Aguarde um minuto e você mesma vai dizê-la!

Jackie conhecia bem São Paulo, mas não conhecia o caminho que Rodrigo estava percorrendo, entrando e saindo com destreza de ruas e avenidas. O caminho parecia ainda mais comprido também pelo fator "desconhecido". Maria Jacqueline observava cada detalhe, mas o local continuava irreconhecível para ela.

Quanto mais o carro avançava, mais ela se convencia de não ter estado ali antes – essa era uma de suas certezas naquela noite. A outra era que não importava para onde estava indo. Bastava estar ao lado de Rodrigo. Em um determinado momento as casas passaram a ser mais humildes e ela pensou que o local misterioso deveria ser do outro lado da cidade; poucas curvas, ruas e avenidas depois, Jackie havia perdido completamente a orientação.

O natural bom humor do médico era contagiante e o "segredo", como fator suspense, tornou todo o percurso muito divertido. Jacqueline notou também como ele dirigia. Demonstrava domínio absoluto sobre o carro; sabia exatamente o que deveria fazer. Intuiu que seria o mesmo com uma mulher em seus braços. Naquele momento o desejou ainda mais e não parava de olhá-lo, dirigindo.

Depois de atravessar ruas e locais desconhecidos e superar paredões nunca antes visto, o carro estacionou em um terreno amplo circundado por árvores. Não precisava mais compreender onde estavam. Haviam chegado. O rapaz do serviço de valet com rosto triangular invertido capturou a sua atenção por um instante e ela interrompeu o movimento incessante da cabeça, tentando imaginar onde estavam, para olhá-lo.

Rodrigo saiu do carro, entregou as chaves ao rapaz estranho e miudinho, passou à frente do automóvel e aproximou-se de Maria Jacqueline que o esperava fora do automóvel.

— Você está de salto. Deixe eu te ajudar, — e colocou seu antebraço dobrado à sua frente; Jacqueline acomodou mais do que o seu braço em Rodrigo.

O percurso de pura natureza que os conduzia à construção localizada mais à frente foi feito entre risadas e alegria. Os pedregulhos daquela entrada tinham o estranho efeito de fazer com que ela sentisse estar caminhando por entre as nuvens.

A construção que Jacqueline viu logo mais à frente não era retangular, como os restaurantes, nem quadrada, como uma casa. Possuía uma forma diversa, quase estranha. Pouco a pouco o corredor tornava-se mais iluminado. As luzes do local o iluminavam cada vez mais.

Caminhando por esse corredor não tão estreito, aproximaram-se de um espaço amplo no qual ela notou o longo balcão que acompanhava quase toda a parede que lhes conduzia ao próximo ambiente, com luzes mais quentes. Jacqueline imaginou que aquele fosse o salão principal.

Pararam por uns instantes e, à entrada daquele local, seu desejo de que a noite não terminasse nunca invadiu seu peito de forma definitiva. Seu coração batia forte e ela, abaixando o braço, procurou a mão de Rodrigo. Caminharam de mãos dadas até à porta de vidro, de onde puderam avistar pequenas luzes suaves. Jacqueline apertou carinhosamente aquela mão que lhe dava tanto conforto e proteção. Ele sentiu o carinho e retribuiu com um olhar, em um sorriso que não precisava de palavras.

Logo depois ele caminhou ligeiramente mais rápido para abrir-lhe a porta. Ela, por um segundo, não soube o que dizer. As palavras não lhe saíam da boca e Jacqueline abriu os olhos e levantou as sobrancelhas em um olhar maravilhado, estupefato. Nem sentia mais seu coração bater descompassadamente. Jacqueline e Rodrigo estavam rodeados pelas paredes rústicas de uma verdadeira gruta a céu aberto.

As pequenas mesas redondas dispostas no interior daquele espaço eram iluminadas apenas por velas elétricas, levemente alaranjadas, aplicadas nas imperfeições que a própria natureza criara nas paredes rústicas, criando um efeito quase irreal. A mistura do contraste com o céu azul escuro, manchado com alguns raios avermelhados que obstinadamente resistiam àquela hora da noite, era um quadro cujas cores pintor algum conseguiria imprimir em sua tela.

O jantar fora servido por entre as paredes daquela caverna oval sem teto sob o esplendor do brilho da luz das estrelas e da lua. A atmosfera que predominava era a de um conto de fadas. Um conto de fadas moderno, mas bem parecido com aqueles que a mocinha finalmente encontra o seu príncipe encantado.

Quando o jantar terminou, Jacqueline levou Rodrigo para sua casa e o amor aconteceu não apenas por entre os seus lençóis cinza claro de seda.

Jacqueline estava completamente apaixonada por Rodrigo.

*T*udo agora havia sentido. O mundo mudara repentinamente. Tudo parecia estar onde deveria – o sol, iluminando e aquecendo todo o universo e todos os corações com a sua presença; a chuva, proporcionando alimento e nutrição a homens, animais e vegetação, todos os seres viventes, limpando toda a tristeza da humanidade com as flores, como dádivas oferecidas diariamente as quais nem sempre notamos, assim como os milagres que acontecem na nossa vida – o milagre do amor verdadeiro, que surge de repente. Sem que tivesse sido necessário procurá-lo.

Rodrigo trouxe a mesma força interior e alegria difícil de conter de uma adolescente apaixonada à eterna e incurável romântica Jacqueline. Dessa vez o sentimento não necessitava de explicações porque era mais forte do que ela mesma. Rodrigo devolveu-lhe o sentido de viver e ela, como uma troca inconsciente, entregou-lhe toda a sua vida.

Algo muito perigoso, colocar a própria felicidade nas mãos de outra pessoa. Mesmo que estas outras mãos sejam as de um grande amor.

— ∫ —

Elênia, como uma raposa experiente, em um piscar de olhos compreendeu perfeitamente o que estava acontecendo com Jacqueline, que havia optado por não dizer uma só palavra sobre o assunto. Cometera esse erro quando estava com Ticiano e nos conselhos da proprietária sentia um quê de estranho e inveja, para não dizer maldade. Com sua alma gentil, Maria Jacqueline preferia pensar que fosse apenas inveja.

Em um dia Elênia dizia-lhe que Ticiano era o homem que toda mulher gostaria de ter ao seu lado. No outro dizia-lhe que o relacionamento para ele era só sexo e que ela deveria prestar mais atenção às companhias e locais frequentados pelo "namorado". Esses comentários não a magoavam, mas aborreciam, porque a confundia – não duvidava também que fosse essa mesma a sua intenção.

Ela, mais do que ninguém, sabia o que realmente acontecia entre eles, e mesmo que a relação não fosse idílica como ela gostaria, não se tratava de encontros. Mais do que qualquer coisa arrependera-se de ter-lhe contado sobre o relacionamento, já que de vez em quando Elênia tornava ao assunto expressando alguma opinião desagradável. Desta forma, conhecendo o seu modo de agir nessas situações, Elênia não era a pessoa certa com quem conversar. Inútil desperdiçar palavras ou energia.

Jacqueline não queria lhe contar nada principalmente pela situação que poderia criar-se dentro da Só Letras, onde o Dr. Rodrigo Antonielli não era apenas um escritor do extenso catálogo da editora, mas um dos mais importantes. Obviamente Jackie se sentia ameaçada também pela ambição de Elênia, que certamente não permitiria interferências em seus lucros por aquilo que ela, com muita probabilidade, teria definido como "paixão fugaz", se soubesse.

A segunda apresentação do livro de Rodrigo seria realizada em Campinas. Visto o sucesso de vendas que estava obtendo, tudo que se referia ao "O sabor da alimentação saudável" dentro da Só Letras era priorizado. Como o evento seria realizado em sua cidade, tinha tudo para ser muito lucrativo também. Elênia pediu a Jacqueline que a representasse para dar a importância que o evento merecia aos olhos de todos os presentes.

Pensando em seguir o roteiro adotado para o evento muito bem sucedido realizado em São Paulo, Jacqueline propôs a Rodrigo o local que lhe parecia ser o mais apropriado. O médico ouviu a sua proposta com olhar abstrato e comunicou-lhe que já havia organizado tudo. O evento seria realizado em outro espaço – mais precisamente no jardim de uma mansão, com ampla piscina. Estranho, porém, que ele houvesse organizado sem que lhe tivesse falado a respeito.

O fato não passou despercebido nem mesmo para Jacqueline, que não quis demonstrar maiores preocupações sobre o assunto. Pensou, ingenuamente, que o local poderia ter sido cedido por alguma troca de favores através do político importante, amigos ou outros conhecimentos, afinal, Rodrigo era um médico conhecido e influente. Mas se enganava.

Passou-se uma semana desde o primeiro encontro de sonhos e Jacqueline e Rodrigo não se encontraram muito desde então. Que Rodrigo fosse muito ocupado, disto ela já sabia. Porém, estava acontecendo alguma coisa, que ela não conseguia explicar.

Havia algo estranho no comportamento de seu namorado que Jacqueline não conseguia decifrar. O relacionamento era ainda muito recente para que ela assim o definisse, mas era desta forma que ela o via. Era isso o que ele representava em sua vida – para ela, Rodrigo era seu e não conseguia agir de modo diverso, apesar das sutis tentativas da parte do médico em distanciá-la.

Por muitas vezes pensou que o motivo talvez fosse a rapidez com que tudo mudara na vida do médico. Pelo número considerável de vendas, ele passou a ser mais conhecido – seu livro lhe dava ainda mais reconhecimento e importância em seu trabalho e vice-versa.

Com quase mil cópias vendidas apenas no dia da primeira noite de autógrafos, o sucesso do título foi realmente inesperado para todos. Principalmente para Elênia, que passou a rir até mesmo sem ter muitos motivos para isso; fazia brincadeiras com as funcionárias, conversando descontraidamente. Ela havia também aprovado a tradução do livro para o inglês, agora em fase inicial de elaboração.

Jacqueline estava certa de que todas essas mudanças haviam afetado, e de qualquer modo modificado, o seu relacionamento com Rodrigo, que agora estava muito mais ocupado. Seus compromissos eram realmente incessantes até pelas suas participações periódicas em um programa matinal de uma importante rede televisiva nacional.

Não era só isso que a preocupava. Em meio à alegria que essas mudanças lhe proporcionavam, havia também um misto de melancolia e ansiedade no comportamento do médico, e consequentemente em suas reações; Jacqueline pensava que talvez ele ainda não estivesse pronto para um novo relacionamento. E decidiu esperá-lo.

Os sentimentos eram muito diversos para Jacqueline, que sabia muito bem o que queria: ela queria Rodrigo em sua vida. Não conseguia entender o motivo pelo qual ele ainda mantivesse algumas portas fechadas para ela. Não insistia, queria ser compreensiva, mas sofria cada vez que Rodrigo a impedia de doar-se como bem ela queria.

Por algumas vezes recordou-se da conversa que teve com Verônica quando sua melhor amiga lhe disse que ela precisaria mudar, caso contrário a lição se repetiria ao infinito, ou pelo menos até que ela saísse daquela energia/frequência/vibração. Com todo o amor que sentia por Rodrigo, "até a minha energia deve ter mudado" – imaginou. Melhor não pensar nisso."

Jacqueline não queria misturar energia ruim com aquele sentimento tão puro quanto raro em sua vida até então. Mas algo perturbava Rodrigo. Nisso ela não havia dúvida alguma.

A noite de autógrafos estava obtendo os ótimos resultados esperados, embora em proporção menor do que ocorrera em São Paulo apenas devido às dimensões das duas cidades.

Jacqueline estava novamente sentada à mesa com o autor, Dr. Rodrigo Antonielli. Desta vez faltava Elênia com sua manta de pele de animal.

Basicamente tudo se repetia: novamente muitos convidados, muitas pessoas interessadas no evento e em aproveitar a situação, facilmente reversível em benefícios aos próprios objetivos, de todos os gêneros e graus.

Havia quem procurasse maiores conhecimentos, oportunidades para o próprio trabalho, quem estivesse procurando escalada social, ou simplesmente, manter a distinção social conseguida após tantos empenhos e alguns "sacrifícios", não diretamente relacionados com o médico autor. Uma espécie de "plataforma de favores", onde doavam para receberem e que englobava todos, de um modo ou de outro. Não faltava nem o grupo das muitas mulheres que normalmente circundavam o escritor. Tudo igual. Tal como ocorrera em São Paulo.

— ∫ —

O champanhe fora servido enquanto o autor assinava os muitos exemplares às pessoas que aguardavam a sua mensagem na primeira página do livro. Em um momento de descontração, Jacqueline pegou um flûte com champanhe para levá-lo a Rodrigo. Caminhando em sua direção viu que não estava sozinho. Conversava descontraidamente com um grupo de convidados e notara aquela mulher ainda ao seu lado.

Era uma mulher elegante, Jacqueline diria até mesmo de classe. Seu vestido bege claro, linear, sem grandes decotes ou extravagâncias, conferia-lhe um exclusivo efeito de elegância em seu corpo. O requinte de sua pele branca fez Jacqueline pensar que fosse uma pessoa importante nos ambientes sociais de Campinas.

— Impossível ser assim tão branca – mas ela nunca toma sol? – a dúvida de Jacqueline lhe permanecera na mente, além do incômodo no coração por esta presença insistente ao lado do seu namorado.

Sem se deixar intimidar pela mulher refinada, entregou a taça a Rodrigo, que a pegou sem dar-lhe muita importância. Ao contrário, olhou para o chão, evitando o seu olhar. Para sair do certo embaraço criado naquela situação, disse a primeira coisa que lhe veio em mente.

— Louise, te apresento Jacqueline – Maria Jacqueline Pellegrini – mais do que uma conhecida, na verdade...

O coração de Jacqueline bateu mais forte.

"Esse homem é realmente incrível! Vai me apresentar como a sua namorada!... aqui? Agora?"

Como as pessoas acreditam naquilo que querem acreditar, e muito pior – cometem o erro de colocar o próprio modo de pensar e agir na mente de outras pessoas, – a alegria da assistente durou apenas o segundo que precisou para formular este pensamento, um verdadeiro sentimento.

— ... ela é a assistente editorial da editora Só Letras. Jacqueline, Louise Bresson, uma... amiga – ela que nos cedeu esse lindo jardim de sua casa.

— Prazer, Sra. Louise — olhou Rodrigo com os cantos dos olhos. O sorriso havia desaparecido do seu rosto. — Muito bonito o seu jardim — deve ser francesa; como não ser refinada com esse nome, pensou.

— Fico feliz ao constatar que Rodrigo tem o total apoio do seu editor — respondeu a etérea convidada. — Ele merece... — olhando-o com um sorriso inequivocável, apoiou a sua mão no braço do médico.

Seu gesto deixara Jacqueline confusa e não apenas porque ela era o tipo de mulher que deixava todas as outras desconfortáveis.

— Então vocês são amigos? — levantou uma sobrancelha, olhando para Louise e depois para Rodrigo, fixando-o. Na verdade era mais do que uma simples pergunta. Queria uma explicação. Notou a mão de Louise ainda no braço de Rodrigo.

— A senhora também quer champanhe, Louise? — Jacqueline aproximou-lhe a sua taça de tal forma que a francesa refinada retirou a mão ainda apoiada no braço do médico.

— Não. Muito obrigada... bem, na verdade... sim, somos amigos, digamos, há algum tempo — olhou a assistente com uma sobrancelha arqueada.

— Meu ex-marido era o diretor do Hospital das Clínicas Unidas. Foi assim que nos conhecemos. Eles eram muito amigos — antecipando Rodrigo, pronto para dizer algo. — Agora ele está em Boston; recebeu uma proposta para trabalhar no American General Hospital.

— Ah... — foi o único monossílabo que Jackie pronunciou.

— Amigos importantes, não é mesmo, Rodrigo... e que honra para o seu marido, Louise... aproximou-se do médico e, imitando o gesto de Louise, tocou-lhe o ombro.

— Sou divorciada, querida. *Ex*-marido. *Ex*-marido...

— Agradeço a sua hospitalidade, Louise, e tenho certeza que a Só Letras também agradece... — Rodrigo queria diminuir o constrangimento.

— Claro, Rodrigo, mas isso já está claro para todos — respondeu Jacqueline. Todos nós agradecemos a sua *bondade,* Louise...

— Vocês podem realizar quantas noites quiserem de encontro com o autor em minha casa. Rodrigo já sabe disso, não é mesmo meu querido? Ele tem toda a minha casa à sua completa disposição — disse sorrindo para o médico com todo o esplendor que a pele de porcelana do rosto lhe permitiu. — A propósito, da próxima vez, traga também o Argos. Aqui tem muito espaço para ele correr e brincar à vontade enquanto tomamos o nosso champanhe. É um cãozinho adorável, incrivelmente inteligente... a senhora também o conhece? — perguntou à Jacqueline com a cabeça ligeiramente levantada, denotando expressão de superioridade.

— Ainda não. Pelo jeito, sou a única que não o conhece.

Rodrigo aproveitou o segundo de silêncio e se dirigiu à mesa de copos e bebidas para desfazer a tensão criada entre Jacqueline e Louise com a desculpa de apoiar a taça de champanhe. Encontrou um casal de amigos e lá permaneceu, distante das duas mulheres.

Jacqueline se afastou também. Uma única pergunta ocupava todos os seus pensamentos.

— O que fiz de errado dessa vez? — perguntou-se em voz alta sem poder evitar as lágrimas que lhe chegavam aos olhos.

Lembrou-se da amiga Verônica. A lição se estava mesmo repetindo? Parecia que sim...

Maria Jacqueline dirigiu-se àquela mesma mesa, onde estava
tão feliz um pouco antes, no início do evento. Colocou rapidamente as suas coisas em sua pasta executiva e, segurando-a em
uma das mãos, alguns segundos depois estava à frente de Rodrigo
com sua bolsa no ombro.

— Mas você já vai? Jackie... espere... — seu rosto também estava
contraído.

— Não sinto essa necessidade, Rodrigo. Não sei porquê devo
esperar ainda mais... já vi e ouvi muito, mais do que eu queria.
Já fiz a minha parte profissional na tua apresentação e agora você
não precisa mais de mim.

— Não é nada disso que está pensando. Precisamos conversar.
Você não pode dirigir sozinha a essa hora...

— Vai me fazer bem. Preciso me concentrar em alguma coisa,
esfriar a cabeça, e você precisa voltar aos seus convidados. Volte
para a amiguinha francesa importante... agora não tem mais nada
ou alguém que te impeça.

— Ela é apenas uma conhecida... uma amiga...

— Acho que você tem muitas amigas...

Rodrigo se aproximou de Jacqueline.

— Jacqueline, escute: eu não quero nada com ela. Você está só
confundindo as coisas...

— Eu que estou confundindo as coisas? Você acha mesmo que
sou eu que estou confundindo tudo? Por favor, Rodrigo... não
preciso ouvir estes comentários. Preciso só ir embora.

— Agora você está nervosa e não conseguiremos chegar a lugar algum dessa forma; depois conversaremos. Vá para casa, mas
tome cuidado. Está cansada e triste para dirigir por muitas horas.
Pode ser perigoso. Me mande uma mensagem quando chegar.

Custou-lhe algum esforço manter-se afastada sem abraçá-lo.

Ao invés disso, deixou seu olhar pousado nos olhos do médico tentando compreender algo mais da situação. Sem proferir palavra, girou-se e foi embora.

Rodrigo Antonielli acabara de fazer o correto diagnóstico da situação: Jacqueline estava mesmo muito triste. Tanto que nem percebera a chuva que batia forte no vidro do seu carro. Ela dirigia automaticamente, revendo Louise e Rodrigo juntos em uma sucessão infinita de imagens.

Depois de uma hora e meia de viagem, onde pouco viu do percurso, da chuva ou dos carros que a ultrapassavam, Jacqueline entrou em casa com uma pequena mochila em mãos, onde havia colocado todo o necessário para passar o primeiro final de semana com o seu namorado.

— Quando um cara é honesto, ele fala na tua cara o que ele quer com você e o que está procurando. Mas se alguém responde "só o cachorro" quando você pergunta "alguém te espera em casa", o que você entende? Que está sozinho, certo? Então, por que ele se esqueceu de me contar esse pequeno detalhe, que tem uma namorada com uma casa lindíssima com uma enorme piscina enquanto se diverte para passar o tempo com as incautas que, por infelicidade, cruzam a sua mesma estrada?

— Tem algo errado nisso, Jackie.

— Claro que tem. Ele não me avisou que estava saindo com a francesinha refinada. Só isso. Mas se ele estava procurando apenas uma concubina, eu poderia ter sido pelo menos avisada, né? - ou é pedir demais, na tua opinião?

— Espere para tirar conclusões. Você ainda não conversou com ele...

— E nem sei se quero...

— Vocês vão acabar se encontrando. O livro dele foi publicado pela editora na qual você dá o sangue todos os dias. Não vai conseguir se esconder para sempre.

— Sei que vou encontrá-lo, mas por enquanto não quero vê-lo — encolheu os ombros.

— Não vai conseguir deixar tudo como está. Ligue para ele...

— Ligar para ele? Eu? Ele que precisa me ligar! Bastava dizer que estava procurando alguém para passar a noite e eu decidiria o que fazer. Teríamos evitado situações desagradáveis para ambos e eu evitaria uma situação já vivida e revivida, que, aliás, estava fazendo de tudo para que não acontecesse novamente.

— Vocês precisam conversar, Jacqueline. Ele não te levaria naquele restaurante maravilhoso se fosse só por sexo.

— Queria impressionar... não sei, Verônica. Só sei que depois do Ticiano achei que tinha encontrado o rumo certo na minha vida. Achei que eu já havia fechado essa roda sem fim de desilusões.

— Ele vai te procurar, tenho certeza. E o que você vai fazer? Vai ter coragem de terminar tudo?

— Por quê? Começamos alguma coisa? Ou eu comecei alguma coisa que estava só na minha cabeça? Vale a pena convencê-lo a voltar para mim? Nem respondo a esta pergunta...

— Não se esqueça que a ferida que te causam não é culpa tua, mas é tua responsabilidade o que você faz com ela.

— Achei que tinha encontrado o amor da minha vida – o "com esse vai ser diferente". Achei que finalmente poderia viver a minha vida de um jeito "quase normal", digamos...

— O quase normal que você diz é uma situação que temos que reverter ao nosso favor a cada dia. Ninguém é feliz ou está completamente feliz com a própria vida. Estamos sempre sofrendo por amor – por alguém que não nos ama, que nos deixou ou não quer nos deixar. Se estamos solteiras pensamos que é porque ninguém nos quer e falta alguém na nossa vida. Se estamos casadas, a rotina corrói a vida a dois, mas socialmente estamos tranquilas porque a sociedade impôs que o ser humano deve estar acompanhado para ser identificado como membro da própria tribo.

— Por que tudo é tão complicado?

— Não sei, mas sei que você precisa mudar o foco. Precisa sair desta energia, que está atraindo justamente o que não quer. Cuide de você mesma. Ame-se, antes de tudo, e só então ame alguém.

— É a única coisa que posso fazer neste momento da minha vida, mesmo porque não quero pensar em mais nada e em mais ninguém. Só em mim.

— Isso mesmo! Assim que eu quero que reaja... mas se for verdade que vai começar a pensar só em você, não se esqueça da tua amiga aqui, heim?...

— Eu não poderia estar sem as tuas enchições que você chama de conselhos! Deixa eu desligar. Vou fazer um pouco de limpeza, ouvindo rádio entre panos, vassoura, orações e sem lágrimas, espero. Daqui a pouco, tomo banho, lavo a cabeça e tudo retorna ao (quase) normal, espero.

— A gente se acha. Encontre-se você também.

*J*acqueline acordou no meio da noite. Ainda tonta de sono, não estava lúcida o suficiente para compreender se aquele aperto no peito era apenas cansaço ou um sério mal-estar. Acendeu a luz e sentiu um grande medo – parecia estar vivendo os minutos que antecedem um problema grave.

Paulatinamente distinguiu e identificou o que sentia. Estava com fome. Só então lembrara não ter comido nada desde o almoço do dia anterior. Pegou a maçã que estava começando a apodrecer na fruteira, uma faca e um pratinho e sentou no sofá para descascar a fruta, sem vontade e ainda assustada. A solidão apresentou-se com todas as suas garras e o silêncio e o escuro da noite lhe amplificavam o medo.

Queria que amanhecesse logo para que a luz do dia iluminasse a escuridão e levasse embora aquela sensação de impotência que apertava também sua alma. O final do seu relacionamento com

Rodrigo era ainda muito recente. Tristeza, solidão, recuperar-se, cicatrizar as feridas deixadas. Tudo que estava vivendo era recente. Até a necessidade de ter que abandonar o palco e apagar as luzes, com a cortina tendo que ser abaixada mais uma vez.

Mesmo após as duas semanas sucessivas à noite de autógrafos de Rodrigo, Jacqueline continuava com a mesma sensação de incredulidade e desilusão daquela noite. Os dias passavam, mas não a tristeza. Naquele momento não queria pensar em nada. Quando o dia amanhecesse, ela retomaria a própria vida e poderia reorganizar os pensamentos. O medo nunca foi bom conselheiro, muito menos às três da manhã. Difícil pensar em reconquistar a própria vida àquela hora da madrugada.

Certos períodos na vida parecem ser uma eterna madrugada. Aquele era um deles. Jacqueline lera e ouvira muitas vezes que o momento de maior escuridão no dia são os minutos que antecedem o nascer do sol. Difícil acreditar nisso naquele instante. O sol não iria falhar em sua missão e em poucas horas ele retornaria com sua imensa luz para iluminar e aquecer mais um dia. Porém, naquele momento, parecia-lhe difícil apenas pensar que ele surgiria de novo.

Queria ligar para Rodrigo, mas não era o momento justo, e não porque era muito tarde. Queria ligar para Verônica, mas iria acordar seu marido também.

— Melhor lamber as minhas feridas sozinha como já fiz no passado, sem irritar as minhas amigas porque não tenho outro assunto – a não ser repetir o que ele fez comigo, por tantas vezes, até por fim admitir e compreender que eu não merecia aquilo. Não quero me transformar em uma pessoa amarga por aquilo que ele fez comigo. Preciso concentrar-me em mim mesma, em mais ninguém. Não vou a lugar algum desse jeito.

Esse foi o momento em que Jacqueline decidiu que realmente precisava mudar.

Verônica estava certa; ela precisava mesmo sair daquele sofrimento. Acabou por convencê-la porque ela finalmente compreendera que o ciclo, que para Jacqueline parecia infinito, estava ficando insuportável, consumindo muitas de suas energias e, principalmente, seu tempo, tentando recuperar-se, restruturar-se.

As palavras de Verônica chegavam-lhe à mente ainda com mais frequência – quando ela lhe dizia que o primeiro passo para uma mudança real era sair daquela energia, frequência e vibração.

Realmente ela deveria reformular tudo se quisesse mudar um conceito, porque o que Jacqueline queria mudar não era um simples conceito. Era um verdadeiro sofrimento. Ela queria mudar para reiniciar, modificando o que estava dentro dela para só então poder mudar o que está fora. Como sempre lhe dizia a amiga Verônica: "ninguém muda a própria vida mantendo os mesmos pensamentos e as mesmas atitudes", que mais do que uma de suas frases recorrentes, era a sua filosofia. Então, parecia que era mesmo verdade ter que mudar dentro, para começar uma verdadeira mudança.

— Não vou começar uma história nessas condições; nem posso. Se um ciclo se fecha, quando um amor acaba, é preciso sair dele de corpo e alma. Não adianta pensar em ter saído com o corpo e continuar carregando os sentimentos negativos. Se as minhas dores ainda não estiverem curadas, vou levar todos os rancores, tristezas e desilusões do passado para o próximo relacionamento. Isso não é felicidade para ninguém e nem traz felicidade. Preciso mudar, e só então recomeçar a viver. Devo estar pronta para o que a vida puder me oferecer de melhor e para isto devo abrir-me. Ser feliz é estar leve e aberta para o que a vida oferece e, principalmente, para o melhor que possa oferecer. Até mesmo o Amor.

Jacqueline estava decidida a colocar um ponto final nisso tudo – dúvidas, perguntas e principalmente sofrimentos. Precisava sair dessa estrada de mil curvas que não conduz a lugar algum. Como precisava também de um pouco daquela paz que desde o início havia focado como ponto de partida. Lembrou-se do yoga e pensou que esta prática pudesse ajudá-la: buscava conforto na alma para encontrar e reaver um pouco daquilo que todos chamam de serenidade, equilíbrio e paz interior. Não havia decidido viver no sofrimento, embora encontrasse sempre alguém que estivesse pronto a dar-lhe uma mãozinha.

Não era a primeira vez que se aproximava à espiritualidade. Alguns anos atrás havia iniciado a prática da meditação, interrompida por falta de tempo, que lhe permaneceu na memória porque ainda conservava a lembrança da paz que esta técnica lhe trazia. A meditação lhe traria a paz que estava buscando.

A vida pulsava em Jacqueline em um ritmo que, para qualquer ser humano, beirava quase o caos total; dizer que era absolutamente frenético era apenas um eufemismo. Simplesmente não conseguia permanecer parada por muito tempo. Esse acúmulo de energia fez com que ela pensasse em fazer algo para canalizar e direcionar a sua incessante atividade física e mental para aproveitar ainda mais o seu tempo, como se isso fosse possível. Talvez disso se encarregasse o yoga, de vez em quando também o praticava.

Jacqueline uniu os dois objetivos e decidiu iniciar um curso de yoga com meditação. O curso certamente lhe faria bem, de um modo ou outro.

Jogou fora as cascas da maçã, lavou a faca, guardou-a na gaveta dos talheres e foi deitar, porque era a única coisa que poderia fazer àquela hora da madrugada. Precisava apenas aguardar, porque, afinal, o sol estava por nascer de novo.

$\mathcal{O}$ dia teria começado como todos os outros, com um grupo de mulheres que aos poucos chegavam para agrupar-se por alguns minutos naquilo que se tornara uma espécie de ritual para a dose de cafeína ao redor da máquina de café antes do início do trabalho, se não fosse por aquela presença tão misteriosa quanto silenciosa.

O rapaz magro, sentado à mesa sozinho tomando um cappuccino, parecia até ser bem alto, criou uma ligeira agitação entre as funcionárias da Só Letras. As moças, curiosas, mais pareciam um grupo de adolescentes de um colégio feminino: olhavam, disfarçavam, observavam e olhavam novamente o rapaz que, alheio a tudo, era indiferente aos seus olhares.

A curiosidade aumentava também devido à sua impassibilidade. Alternando olhares e perguntas escondidas entre um gole de café e outro, tentavam descobrir quem fosse. Apesar de aparentar poucos anos, transmitia muita segurança em si próprio, provavelmente devido ao terno azul escuro usado com discreta elegância. Não era nem tão feinho; aquele rosto pequeno lhe conferia um ar inocente de grande impacto ao subconsciente feminino. Um motivo a mais que todas tinham para não lhe afastar o olhar.

Na sua calma aparente parecia meio agitado. Deveria ser um representante com muitos compromissos. A única coisa que as moças imaginavam era que ele estava lá para falar com a proprietária. E a chegada de Elênia, caminhando diretamente em sua direção, não fez mais do que confirmar o que todas já sabiam.

— Muito bem. Meninas, ele é o Alexandre. Vamos dar-lhe as boas-vindas porque agora ele fará parte da Só Letras. Será o primeiro homem a fazer parte do orgânico da "nova" editora — disse com os lábios alargados na vã tentativa de demonstrar um sorriso sincero. A sua expressão era cada vez mais sombria e a alegria de Elênia durava sempre pouco. O real motivo da contratação daquele rapaz Jacqueline compreendera no comentário sucessivo da proprietária, por mera associação de fatos.

— Vou colocar uma pílula anticoncepcional no café de todas vocês! — disse com uma risada malvada. — No seu não, Alexandre. Pode ficar tranquilo. Pelo menos por enquanto, mas se você engravidar alguém por aqui, colocarei no seu também!

"Cecília conversou com Elênia, e pelo que parece não acolheu bem a notícia da sua gravidez", pensou Jacqueline antes de inclinar a cabeça para tomar o restinho de café e centrar o copinho no cesto ao lado da máquina distribuidora. Divertia-se, fazendo isso. Acertava sempre, mesmo de longe.

Alice olhou para o relógio de parede e saiu quase com pressa. Logo depois a pequena sala esvaziou-se rapidamente. Uma funcionária depois da outra abandonou o pequeno círculo que se havia formado para passar as próximas horas olhando para uma tela de computador sem levantar-se, tal como queria Elênia, que acabara de abandonar o seu sonho de uma empresa feita só por mulheres.

— Os homens são mais econômicos e convenientes. Custam menos, e por consequência, são mais lucrativos, fazem menos passarelas e principalmente não engravidam - palavras suas.

$$—\int—$$

O dia começara de modo inusual e continuava da mesma forma, com Alexandre sempre ao lado da empreendedora. "Primeiro dia", poderiam pensar. Entretanto essa aproximação não modificou nem nos dias seguintes e Elênia e Alexandre permaneciam juntos inclusive durante o almoço, quase todos os dias. Jacqueline sabia porque a própria Elênia lhe havia dito em um dia em que a viu visivelmente contente. O seu comportamento e seus sorrisos, falsos, como sempre, ao dizer-lhe "vou sair para almoçar com Alexandre" muito se pareciam com aqueles que distribuía aos convidados da primeira apresentação do Dr. Rodrigo Antonielli.

Parecia que este rapaz houvesse modificado um pouco da rotina da proprietária da Só Letras, além de alguns de seus hábitos, inclusive aquele mais forte, o qual todas funcionárias também já conheciam: sua quase dependência do celular, que agora estava quase anulada. Elênia estava muito mais com Alexandre do que falando no telefone.

Jacqueline achava aquela aproximação um pouco estranha. Por mais que ela fosse "amiga" da proprietária, nunca haviam almoçado juntas. Não que ela quisesse ou que isso a disturbasse. Muito pelo contrário, mas era, sem dúvida, peculiar o fato que ela nunca houvesse conhecido alguém que, para Elênia, tivesse a mesma importância de Mafalda em sua vida.

No início Jacqueline surpreendera-se também que Alexandre

falasse de Mafalda de forma familiar, quase como se a conhecesse. Algum tempo depois percebera que ele era o único ali dentro a conhecê-la realmente. No final de um normal dia de trabalho, Elênia, que passara a levar Alexandre aonde quer que fosse, avisou a sua assistente que iriam embora mais cedo porque deveriam ir à casa de Mafalda.

— *Será que ela está interessada neste rapaz? Poderia ser seu filho...*

Qualquer que fosse o tipo de relacionamento, era palpável a clara submissão de Alexandre. Ele não era muito extrovertido, isto era claro, mas quando conversava com as garotas, principalmente as que trabalhavam na gráfica, ele se mostrava uma pessoa alegre e até simpática. Questão de afinidade, talvez, mas ao lado da proprietária estava sempre sério e a seguia sempre em silêncio, como sua sombra. Isto ocorria com muita frequência, porque passou a permanecer constantemente ao seu lado. Restava a dúvida para as funcionárias se ele anulasse a própria personalidade na presença de Elênia ou se ela havia a força de anular-lhe o caráter.

Por sua vez, ela também mudava quando estava ao seu lado. Em um momento Cecília disse, brincando, que ele a tornava "maciosa". E era verdade. Com Alexandre, Elênia Giusti tornava-se "humanamente mais maleável" e não apenas porque ele fazia tudo que ela lhe pedisse. Com a sua obediência total e absoluta à diretora, em pouco tempo iniciou a realizar funções que iam muito além daquelas para as quais fora admitido. Pelo que parecia, a proprietária soube aproveitar muito bem as suas características pessoais para a editora, como fazia com todos que estavam ao seu redor.

Jacqueline recordava ter visto um anel em sua mão e não sabia se fosse de compromisso. Notou-o porque, embora estivesse em sua mão esquerda, chamou a sua atenção porque não era um anel comum, mas não se lembrava se ele já o usasse quando chegou para trabalhar na editora. Pensou nisso quando iniciou a suspeitar que os dois estivessem juntos. E não era a única que o pensava – os comentários não tardaram a surgir, e a ideia de que Alexandre fosse o toy boy de Elênia tornou-se mais do que credível naquele relacionamento enigmático.

Segunda Parte

UM ANO DEPOIS

Nos contos de fada modernos,
as princesas não esperam mais
o príncipe encantado e nem
mais fazem pedidos às fadas madrinhas
porque, a varinha mágica,
elas já têm.
Nas próprias mãos.

udo havia mudado. Até Elênia. Parecia que ela havia corta-
do os laços com o mundo e com o bom combate para incorporar,
definitivamente o papel da empresária disposta a tudo para atingir
seus objetivos a qualquer preço, sempre muito claros desde o
início.

O resultado, não apenas para Jacqueline, mas para todos os cinquenta funcionários que agora trabalhavam para a Só Letras, sem
contar os freelancers e o grande catálogo de livros que preenchia
as prateleiras de livrarias grandes e pequenas, era muito diverso
da editora onde só trabalhavam mulheres, o sonho original de
Elênia. Agora a maioria da equipe era composta principalmente
por homens, todos muito especializados nas próprias funções em
um dos bairros de maior prestígio para os negócios de São Paulo,
onde estava localizada a nova editora.

Alexandre havia uma sala inteirinha só para ele, além de uma mesa também na sala de Elênia Giusti. Ele, que mal conseguia encontrar o espaço necessário para mover o mouse do seu computador quando iniciou a trabalhar literalmente ao lado da proprietária: como não havia muito espaço disponível na primeira sede da editora, devido às suas ínfimas dimensões, dividia com ela a mesma mesa, obviamente não em proporções iguais; não havia o que não fizesse por Elênia e conseguia trabalhar inclusive naquelas condições. Depois da experiência quase traumática para Jacqueline, era o único que conseguia compartilhar o ambiente de trabalho e ter um relacionamento direto com a proprietária por muito tempo. Sendo assim, era fácil deduzir que ele era o único que a suportava realmente, com toda a sua diversidade.

Jacqueline compreendeu que não estavam juntos, como todos pensavam, por uma simples frase que Elênia deixou escapar ainda na antiga sede. Ele simplesmente havia comentado que não havia visto a sua namorada no dia anterior e a proprietária advertiu-lhe que precisaria estar muito atento porque ela certamente deveria ter um amante. Maria Jacqueline sorriu.

Entre outras coisas a assistente compreendeu também que a sua submissão era muito maior do que ela pudesse imaginar quando ouviu Elênia dizer ao plagiado Alexandre: "Minha inimizade não mata, mas posso te garantir que fere muito." Não era uma mentira, uma ameaça ou um de seus tantos modos de subjugar o recém-contratado. Por muitas vezes a própria Jacqueline havia comprovado, nos outros, com quanta maldade fosse verdadeira essa afirmação.

A evidente submissão do rapaz, agora explícita, transformou o estado de total resignação de sua personalidade em um estado de total cumplicidade. Talvez lhe faltasse caráter, ou talvez pudesse viver, desta forma, as situações financeiramente favoráveis que não teria conseguido com o seu salário. Conseguia viver "melhor", obviamente, mas em troca de sua liberdade. Decerto ele estava bem assim. Mesmo porque agora, que havia o seu es-

critório, por exemplo, era o único a ter um computador branco
tão grande quanto o da diretora.

Elênia não pretendia lealdade total dos seus colaboradores
mais próximos; ela a exigia, transformando-os em seus seguido-
res. Alexandre era um deles, provavelmente o mais fiel. Tanto
que a proprietária começou a pagar-lhe suas despesas pessoais
como gasolina, ternos e camisas para encontros e reuniões de
trabalho, jantares de todos os tipos, cortes de cabelo em seu salão
preferido (de Elênia) e até mesmo o aluguel de sua casa. O que
ele deveria fazer em troca disso, à Jacqueline nunca interessou.
Ela nunca teria se vendido, muito menos dessa forma.

Após um ano da abertura Elênia transferiu a Só Letras para um
edifício recém-construído, transformando-a em um escritório de
luxo, dotado de todos os confortos que só a mais alta tecnologia
podia oferecer.

A Só Letras agora contava com uma diversidade de catálogo
digna de uma grande editora, resultado também do incansável
trabalho de Jacqueline.

O catálogo foi grandemente ampliado com livros que iam desde o ramo que se demonstrou muito lucrativo dos livros sobre
gastronomia, iniciado com a experiência extremamente bem sucedida do livro do Dr. Rodrigo Antonielli, aos livros ainda em
fase de experimentação para adolescentes, fortemente desejados
por Jacqueline. Formar leitores não estava nos planos de Elênia;
apenas nos de sua assistente.

O escopo da empreendedora era publicar exclusivamente o
que vendia e poderia vender bem. Como a proprietária da Só
Letras buscava exclusivamente números, inclusive na quantidade de livros que mensalmente inseria no mercado com escassa
qualidade, Jacqueline geralmente era obrigada a dar início a publicações que nunca teriam sido lançadas ou publicadas em seu
parecer. Este foi um dos principais motivos das desilusões em seu
trabalho.

Amando livros e leitura, a assistente editorial (a sua função ainda era a mesma) conseguiu implementar na editora onde trabalhava ainda com tanto afinco uma segmentação para incentivar o amor à leitura com desaprovação quase que total da proprietária – "por que deveria publicar livros justamente para quem não lê?" Ela não compreendia o motivo pelo qual deveria investir seu tempo e seu dinheiro nesse projeto – ambicioso para Jacqueline, descabido para Elênia.

As horas de reuniões para debater o motivo pelo qual deveria aceitar em despender inutilmente os seus recursos financeiros foram tantas. Finalmente houve um período de verdadeiras reuniões de trabalho, quando Elênia cedera à ideia de Jacqueline de modo parcial, não sem poucas objeções também. A assistente prometera-lhe dedicação total ao seu trabalho de publicar livros para crianças e adolescentes (destinada ao falimento, na opinião de Elênia, como podia-se esperar, porque não venderia; logo, não seria lucrativa).

A assistente deveria criar um segmento infanto-juvenil separado, de modo que os livros fossem elaborados e publicados sem comprometer o sucesso que a editora estava alcançando. "A Só Letras é uma editora séria e de respeito; não pode produzir livrecos que permaneçam sem vender e no esquecimento. Isto é um dano de imagem e de reputação ao mesmo tempo."

De modo contrário ao que pensava, a linha obteve um tímido início lucrativo, sem nunca tornar-se o segmento independente dentro da Só Letras como queria Jacqueline. Os verdadeiros motivos deste compromisso para Elênia eram outros.

O que aconteceu, na verdade, pouco tinha a ver com livros. Elênia, muito titubeante, aceitou esta iniciativa de Jacqueline também porque acreditava nela e em seus projetos; o sucesso das suas intuições e de seu duro trabalho na Só Letras era inegável. Contudo, nos últimos dois meses Jacqueline mostrava-se bem menos comprometida com as suas ocupações. Sabendo e vendo muitas coisas com as quais não estava de acordo, devidas ao crescimento da empresa, permanecia desiludida e insatisfeita com frequência.

Como tudo na vida de Elênia havia um preço, ela decidira aceitar parcialmente em realizar a proposta de dar início a este segmento, que não estava em seus planos, porque a diretora pensou em motivá-la. Não era a primeira vez que via a assistente desmotivada, mas desta vez a via seriamente afastada do seu trabalho. A etiqueta seria lançada, teoricamente, e ela não investiria um centavo. Era melhor deixar Jacqueline pensar que o ramo teria futuro por algum tempo do que ver a alma da Só Letras insatisfeita e pouco operativa; pelo menos até que se sentisse novamente motivada.

Sendo assim, não demorou para que Elênia interrompesse as verbas e o segmento de livros infanto-juvenis fosse definitivamente abolido dentro da editora.

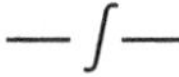

Uns dias antes do final da licença maternidade, Cecília visitou as colegas, orgulhosa, com sua recém-nascida no colo. Retornaria ao trabalho na semana seguinte. Ao encontrá-la, Elênia não perdeu a oportunidade de dispensar mais uma de suas "pérolas".

— Você não poderia ter feito uma filha mais linda do que essa. Agora que já fez a filha mais linda do mundo, esqueça de dar um irmãozinho a ela e volte logo ao trabalho.

Cecília Menegheli retornou, mas foi demitida logo após o seu retorno por ter prolongado a licença maternidade por mais três meses. A bebê nascera com uma alergia ao leite materno e chorava dia e noite.

Depois de um grande período de sofrimento para mãe e filha, tudo se resolveu, mas a proprietária não a perdoou. Assim, Cecília voltou para casa desempregada no final da primeira quinzena de trabalho com uma filha pequena no colo, seu maior medo. Sem ter um motivo para a demissão, Elênia, pelas mãos de Henrique, violou um de seus projetos, completamente pronto, no computador no qual trabalhava alegando que ela o havia feito por sabotagem.

Não havia o que Cecília pudesse fazer para reaver o projeto ou dizer para comprovar a sua inocência. Elênia solicitou-lhe apresentar a própria demissão em troca do seu "silêncio".

No início Cecília não concordou porque obviamente não havia feito nada contrário, mas precisou acatar o pedido depois que a diretora executiva (agora ela mesma só usava este termo em todas as situações) dissera-lhe que estaria sendo obrigada, perante a sua relutância, em ter que revelar a todos no mercado de trabalho o "verdadeiro motivo" pelo qual seria demitida. Sendo uma mulher de muitos conhecimentos, à Cecília não restou que aceitar em pedir demissão.

Por fim, Elênia dissera-lhe, quase sorrindo, que havia feito o melhor – a única coisa que poderia ter feito realmente – e que tinha a certeza que ela lhe seria grata pelo resto da vida por ter silenciado e por não lhe ter prejudicado a carreira.

Para a função de Cecília foi contratado Maurício, que trabalhou apenas pelo tempo necessário para comprovar a sua total incompatibilidade com as ideias e, principalmente, personalidade da empreendedora. Maurício deu início a um número infinito de contratações e exonerações dentro do grupo Só Letras – funcionários que entravam e saíam da empresa por motivos semelhantes aos de Maurício (quase a maioria) ou pela impossibilidade de seguir as regras, fora de qualquer padrão de saudável objetividade e bom senso. Difícil trabalhar com a personagem na qual Elênia havia se tornado.

Por todo esse tempo só uma coisa não mudara: o livro do Dr. Rodrigo Antonielli continuava sendo uma das obras mais importantes da editora e fora traduzido para o inglês, italiano, espanhol e francês. Em breve seria publicado também em alemão. A avidez da empreendedora em alcançar o maior número de mercados no mundo nunca viu limites.

Apesar de já ter conquistado uma boa fatia de mercado internacional, o médico não estava divulgando a sua obra na forma que Elênia desejava. Ele era também um autor, não apenas um escritor. O cancelamento de vários compromissos de divulgação do seu livro já programados e fixados no exterior causou muitas incompreensões e desagrados à Elênia, impotente em suas tentativas de convencê-lo; Dr. Rodrigo nunca abandonaria seus pacientes. De qualquer forma, o seu "O sabor da alimentação saudável" realmente superou a ideia de sucesso inicial de Jacqueline e de toda a Só Letras, tornando-se um dos livros mais bem conceituados em seu gênero no mercado.

O trabalho de Maria Jacqueline basicamente continuava o mesmo, mas ela não era mais a responsável por todos os departamentos, como algum tempo atrás. A editora, diversificada e ramificada, contava com vários setores, cada qual com seu próprio responsável. Ela continuava selecionando os manuscritos que se tornariam os livros que a Só Letras inseria no mercado. O que mudou foi o seu modo de enfrentar a vida.

Desde que Jacqueline decidiu mudar, aprendeu a renascer e também a não ser cruel consigo mesma; nisso estava incluído não fazer mais algum tipo de autossabotagem. Conseguira descortinar inclusive a compreensão da incrível quantidade de "terríveis truques contra si mesmo" que uma pessoa consegue autoinfligir-se involuntariamente e sem perceber.

Com mais calma no coração e na mente, passou a viver seus dias em um ritmo diverso. Estar totalmente concentrada nas próprias atividades não lhe dava modo de dispersar energias inutilmente. Seus dias eram diversos porque ela era diversa. Tornou-se mais organizada inclusive no trabalho, conseguindo dominar melhor as muitas ocupações ainda sob a sua responsabilidade. O caos que antes nela habitava, que parecia ser o seu modus vivendi, agora era apenas uma lembrança.

O equilíbrio que conseguiu atingir quase que facilmente também lhe foi muito útil quando Ticiano procurou-lhe para conversar. Ele, agora, convivia com a namorada, recém-conhecida e grávida. Ela soube a notícia quando ele mesmo, em pânico, telefonou-lhe desesperado, pedindo-lhe conselhos. Não se sentia pronto para começar uma família, muito menos em ser pai de um dia para outro – aliás, dali a seis meses e meio, precisamente.

Ticiano ligou para ela em uma manhã de domingo. Jacqueline estranhou o horário porque, quando estavam juntos, naquele horário, ele ainda estaria dormindo. Depois do normal espanto e surpresa causados pelo telefonema, Jacqueline permaneceu em silêncio, deixando-o falar. Não havia mais algum tipo de familiaridade naquela voz que lhe parecia até mesmo estranha.

– Quem sabe se continua sendo o egoísta de sempre, – pensou. Ouviu mais algumas palavras e sorriu. Percebeu que Ticiano não havia mudado em nada.

Ela ainda conservava um meio sorriso nos lábios quando, completamente alterado, iniciou a falar alto, afirmando com veemência que não conseguiria aguentar aquela situação de preceitos fixados pela sociedade por muito tempo. Mais do que um espírito livre, ele se autodefinia um espírito aventureiro, e fraldas e mamadeiras não faziam parte dos seus padrões de vida, fossem estes criados pela sociedade ou não.

Jacqueline sorriu de novo. Nem mesmo um filho mudaria aquela pessoa egoísta, por muitas vezes irresponsável. Com a chegada de um filho a vida lhe estava dando uma oportunidade para tornar-se o homem maduro que não havia conseguido ser até então. Sem querer saber se ele aproveitaria essa grande chance, uma pergunta chegou-lhe espontaneamente.

"Mas como é que fui me apaixonar por ele?"

Por outro lado, de Rodrigo ela não sabia nada, nem de sua vida ou de suas relações. Nem tão pouco de Louise. Sabia apenas, através das mídias, que ele estava cada vez mais ocupado entre os hospitais de São Paulo e Campinas, onde já trabalhava, agora dividido também entre o consultório de sua cidade e o recém-i-naugurado paulistano, além dos convites que aumentavam para participações e entrevistas em programas de televisão. Um dia ele apareceu-lhe à sua frente assim que ligou a TV; bem que ela tentou assistir o programa, mas não conseguiu. Desligou o aparelho logo em seguida.

Nesse período ela tentou esquecê-lo, sem sucesso. Talvez o mesmo tenha acontecido a ele, porque por várias vezes tentou contatá-la, sem resultados. O que a deixava aborrecida, porém, era a impressão que, por mais que tentasse cancelar suas lembranças, ainda havia um fio que a deixava conectada a ele de alguma forma.

Pela primeira vez percebeu que todas as frustrações de suas relações nada tinham a ver com os homens que conheceu ou amou, mas apenas com ela mesma. Rodrigo foi quem a fez compreender algo simples e muito importante: para encontrar um amor verdadeiro, é preciso primeiro encontrar-se. Quando Verônica lhe recomendava que o fizesse, para o seu bem, ela não conseguia perceber completamente essa necessidade; até que alcançou essa consciência, fruto da sua experiência – sofrimento, neste caso.

Jacqueline parou de pensar sobre o motivo pelo qual as pessoas reagem em determinada maneira; não lhe servia saber o que queriam ou pretendiam com um determinado comportamento ou gesto. Não sentia mais necessidade alguma das explicações das pessoas. Portanto, o que Rodrigo teria para lhe dizer não lhe interessava.

Na noite da apresentação do seu "O sabor da alimentação saudável" ele não se comportou no modo que ela esperava e gostaria; parecia que estava com outra mulher por tudo que fez – ou pelo que não fez, principalmente – o verdadeiro motivo pelo qual ela agora não necessitasse de explicações ou esclarecimentos. Sabia que estava sendo radical, pensando dessa forma, mas já que havia decidido mudar, precisava dar um corte no passado na mesma forma. E, apesar de tudo, Rodrigo também era passado, agora.

Contudo, ainda não lhe era claro se havia feito a melhor coisa ao fechar todas as portas ao Dr. Rodrigo. Nos primeiros tempos por muitas vezes recriminou-se, por isto, em suas tantas conversas mentais (agora mais calmas, essas também) pensando que deveria ter pelo menos ouvido o que ele teria para lhe dizer sobre a presença de Louise Bresson no segundo evento de autógrafos – era evidente que eles se conhecessem muito bem – mas ela apenas imaginava o quanto.

Jacqueline e Rodrigo encontraram-se duas ou três vezes na editora. Na época, em todas as ocasiões, ela teve a clara impressão de que a visita inesperada e sem um verdadeiro motivo de Rodrigo fosse apenas uma tentativa de encontrá-la. Precisava admitir que a sensação de alegria ao revê-lo e perceber que ele estivesse lá por ela a acompanhasse até agora.

Em meio a tudo isso, não passou muito tempo até que ela encontrasse o equilíbrio que lhe faria sentir diversa, quase outra pessoa. O yoga, e em especial a meditação, contribuíram para que ela permanecesse ainda mais concentrada em sua determinação de mudança. Por este motivo ambos começaram a fazer parte de sua vida.

lexandre não foi trabalhar naquela manhã fria e chuvosa. "Tomara que tenha começado a se liberar um pouco das garras de Elênia".

O pensamento de Jacqueline era sincero. Esperava realmente, por ele, que a subserviência não fosse mais do que simples adulação, coisa que Elênia passou a apreciar muito.

Entretanto, naquele dia iniciava uma nova fase para aquele rapaz, cujo jugo de Elênia acabou por dar início a uma estranha situação pessoal e que nada tinha a ver com a chuva.

Depois de algumas experiências mal sucedidas em outros campos de trabalho Alexandre fora admitido pela Só Letras para trabalhar como revisor, setor no qual seria o responsável, sem conhecer o seu trabalho ou o ramo livreiro em geral, assim como Elênia. Mas este rapaz caiu nas suas boas graças por causa de suas grandes ambições. A proprietária viu nele, especificamente em algumas qualidades do seu caráter, a potencialidade que poderia explorar para beneficio próprio. A condescendência era uma delas.

Assim, passou a agir como se pudesse usá-lo em qualquer modo, momento e circunstância como bem quisesse ou necessitasse, não importando se era necessário colocá-lo na posição de espião de concorrentes (ou pessoas fora do âmbito profissional) ou motorista particular (a sua habilitação para dirigir fora retirada devido a todas as multas colecionadas; seus conhecimentos algumas vezes lhe permitiam continuar dirigindo e ela não queria recuperá-la nos modos tradicionais, mas era melhor não abusar). Sem mencionar que, como estava sempre metida em alguma confusão, precisava de alguém que a ajudasse "pelo lado de fora" – e Alexandre tornava-se uma espécie de seu avatar (ninguém nunca soube quem realmente estava por detrás de tudo quando passou a vigiar as funcionárias, inclusive as mais ativas nas mídias, para citar apenas uma de suas "funções").

A dedicação de Alexandre para Elênia passou a ser incomensurável. O preço da permuta era muito alto para ambos, dessa vez. A proprietária da editora acabara de entregar-lhe a chave de um carro quase zero para que ele tivesse maior autonomia nas amplas ocupações de seu *trabalho*. No dia em que ele apareceu com o carro novo não havia vestígio algum de felicidade em seu rosto. As meninas até comentaram este fato e Jacqueline não se surpreendera. Nada mais a surpreendia dentro da Só Letras. O que a surpreendeu foi a ausência de Alexandre.

Porém, intuitiva por caráter, ela imaginava que deveria estar acontecendo alguma coisa; e mais uma vez a sua intuição dirigiu seus pensamentos para o lado correto das conclusões. Quatro dias depois Alexandre ainda não havia retornado ao seu escritório.

A avaria de Elênia a estava conduzindo a tomar atitudes inimagináveis até para ela mesma quando, sem saber o que fazer da própria vida há dois anos atrás, buscava uma atividade onde iniciar suas intenções. Sim, intenções, porque na verdade ela nunca quis criar uma atividade comercial – ou qualquer nome que seja dado a uma verdadeira empresa. Ela necessitava apenas da permissão governamental com a qual poder atuar, sob a pseudoproteção da lei, suas ideias, meios e recursos para aumentar o seu capital, o seu único e verdadeiro objetivo. O castelo tinha a sua fachada e era aquela pela qual poucas pessoas passavam, porque somente algumas pertenciam ao bunker no qual se havia transformado a Só Letras.

Mesmo depois de duas semanas nada ainda se sabia a respeito de Alexandre. Parecia que o rapaz havia desaparecido definitivamente da Só Letras, mas o silêncio de Elênia comunicava muito à Jacqueline. A empreendedora não era nem um pouco discreta. Revelava tudo que as pessoas ingenuamente lhe contavam da vida própria, em segredo, ou de outrem. Porque não se falava mais dele, Maria Jacqueline tinha a certeza de que algo estivesse acontecendo com aquele rapaz especial.

— ∫ —

Jacqueline havia razão. O silêncio de Elênia em relação à ausência de Alexandre confirmava a sua cumplicidade mesmo alguns meses depois.

Porque havia acesso à maioria dos documentos de Elênia que sempre deixara as grandes responsabilidades nas mãos de sua assistente, Jacqueline descobrira que a diretora havia criado uma subsidiária da Só Letras fora do país. Na verdade, por tratar-se de um paraíso fiscal, precisava apenas da presença de alguém que justificasse a atividade de tal empresa, cujo comando estava nas mãos de Alexandre – o seu avatar especial.

Quando acreditamos no fundo da nossa alma em algo que queremos, nosso pensamento muda e, por consequência, o nosso comportamento, que nos faz agir de modo que alcancemos o que estávamos procurando. Toda a nossa vida está resumida em nossos pensamentos e na maneira como acreditamos que somos capazes de enfrentar a vida. Nossos pensamentos são como "bombas" que lançamos, mesmo que inconscientemente.

Com novas vibrações, a energia de Jacqueline mudou, alterando, por sua vez, também a sua frequência – as três palavras chaves de qualquer mudança real: energia, frequência e vibração.

Nossos pensamentos diversos nos fazem sentir mais fortes do que o mundo, e somos tomados por uma serenidade que vem da certeza de que nada poderá mudar a nossa fé – o nosso desejo. Essa força estranha faz com que sempre tomemos as decisões certas, na hora exata. Quando atingimos nosso objetivo, ficamos surpresos com nossa própria capacidade; nada de mais simples. Estávamos simplesmente sendo conduzidos à nossa meta pelo Entusiasmo.

Porém, normalmente deixamos que o Entusiasmo escape de nossas mãos em pequenas coisas, que não têm a menor importância diante da grandeza de cada existência.

Perdemos o Entusiasmo por causa de nossas pequenas (e às vezes necessárias) derrotas. Como não sabemos que o Entusiasmo é uma força maior, voltada para a vitória final, deixamos que ele escape por entre os nossos dedos, sem notar que estamos deixando escapar também o verdadeiro sentido das nossas vidas. É quando permitimos que o *entusiasmo* ceda seu espaço ao *desânimo*.

Culpamos o mundo por nosso tédio, por nossa derrota, e esquecemos que fomos nós que deixamos escapar esta força arrebatadora, a manifestação da Realização em nossa Vida sob a forma de entusiasmo, por tantas razões: medo, ao tentar o desconhecido; acomodação, porque o hábito nos condiciona e tem uma grande força sobre nós.

Jacqueline estava perdendo o entusiasmo em trabalhar na Só Letras. Estava habituando-se à acomodação. Embora fizesse o que sempre sonhou, o emprego deixou de lhe dar o interesse e o futuro que buscava. A desilusão de trabalhar para uma mulher obsecada por seus evidentes propósitos de enriquecer a qualquer preço acabou por sobrepor-se ao seu entusiasmo. De todas as mudanças importantes em sua vida, essa era outra que deveria realizar; difícil, mas igualmente necessária para a sua transformação.

A desilusão de Jackie em seu emprego, por tudo que acreditava e buscava e que não encontrava mais na Só Letras, condicionando o seu modo de trabalhar, começara a instalar-se de modo permanente. E o agravante foi o documento que encontrou na mesa de Elênia.

Quando pediu ajuda à assistente para procurar um documento, entregando à Jacqueline a chave da gaveta onde conservava alguns de seus importantes documentos pessoais por causa do braço direito completamente engessado, não imaginava que justamente aquela chave abriria uma porta do seu mundo de segredos, fazendo-a encontrar um contrato com carimbo azul assinado por uma agência com nomes desconhecidos para ela. O documento continha uma lista com diversos títulos.

Depois de uma rápida olhada em todo o texto, encontrou a autorização oficial da presença da Só Letras para participar de um restrito grupo de editoras para receber direitos autorais de livros, muitos dos quais importantes obras publicadas inclusive em nível mundial. Encontrou também o nome de alguns títulos publicados pela própria editora, e entre as assinaturas presentes no contrato Jacqueline reconheceu a de Henrique Navarro Giusti, advogado da Só Letras e marido da proprietária, e a de Elênia Giusti como coparticipante principal do grupo.

O carimbo das outras assinaturas desconhecidas, que Jacqueline mal conseguia ler pelo quão estivesse assustada e espantada ao mesmo tempo, indicava os nomes de Muniz Queiroz, advogado da organização, de acordo com a cronologia. Nomes que Jacqueline não conhecia. Entre todos, apenas um nome lhe era "familiar": Mafalda Ortega. Com os poucos segundos que tinha para que Elênia não percebesse que ela havia descoberto aquela caixa de Pandora, Jacqueline compreendeu imediatamente que a Só Letras se tratava de uma verdadeira organização.

Mafalda. Um nome, muito mais presente do que qualquer pessoa ou funcionário da Só Letras. O nome que mais influenciava Elênia sem nunca ter estado ao seu lado. A voz que não havia uma mesa para trabalhar, mas que solucionava problemas, decidia as situações mais delicadas, acatava sugestões, intervia com as ideias de última hora e que era muito respeitada por todos. Era invisível, com presença constante, onipresente, concretizando as situações mais impensadas. Ninguém ousava contradizer o que

Mafalda dizia pela boca de Elênia, que com o seu "vou falar com a Mafalda" trazia uma decisão certa e indiscutível. Mafalda. A mente da organização com contrato e carimbo azul.

Jacqueline não conseguia parar de ler. Lançando o olhar em algumas linhas, aqui e ali, soube que o contrato também prescrevia que Henrique comprometia-se em vender o número determinado de cópias dos livros presentes naquela longa lista. Uma das cláusulas também autorizava a possibilidade de inserir ou remover pessoas e títulos, de acordo com o próprio comportamento/empenho/reação de mercado. A lembrança da pressão de Elênia em publicar alguns dos manuscritos, agora títulos que Jacqueline encontrava naquele elenco, foi imediata.

Cada frase que lia aumentava ainda mais o seu turbamento, mas foi o apêndice que a perturbou. Com esse documento Henrique Navarro obrigava Elênia Giusti a entregar-lhe o valor total da venda daqueles títulos. Por lei, ela deveria pagar-lhe mensalmente aquela mesma quantia. Quando viu o valor, apoiou-se na mesa da proprietária para recompor-se. Por um momento Jacqueline teve a certeza de que o verdadeiro motivo das violentas brigas com o marido fosse a causa do conteúdo daquelas páginas acusatórias.

Mais uma vez Jacqueline estava certa. O contrato contava diversas cláusulas e as inúmeras subcláusulas conferiam ao documento o poder de um rígido protocolo que deveria ser respeitado a *qualquer preço*. Ainda turbada, a mente de Maria Jacqueline faz uma viagem no tempo e relembrou um de seus primeiros empregos.

Como o salário de auxiliar em uma escola para crianças especiais não era suficiente para as viagens que a sua mente programava, aceitava quase sempre as horas extras que lhe eram propostas, até mesmo porque não considerava um trabalho ajudar os alunos deficientes visuais daquela instituição. Para ela era uma espécie de voluntariado retribuído, onde Jackie recebia muito mais do que podia oferecer.

O seu tratamento era igual para todos os alunos, mas quem tocava seu coração de modo especial era Simone. A escuridão total de seu mundo só fazia por aumentar a sua curiosidade, muito mais intensa do que a de qualquer menina de nove anos de idade. A alegria em seu rosto era contagiante, chegando aos seus olhos que não viam, mas que transmitiam e comunicavam um mundo à parte para quem quer que os visse.

O carinho especial que Jacqueline nutria por esta aluna teve início no modo mais puro e sincero de uma de suas muitas perguntas de curiosidade, durante a hora do intervalo, tentando imaginar o que não podia ver:

— Professora, como é a lua?

Naquele momento, todas as suas ações e reações deixaram de ser automáticas e Jacqueline parou. Simone queria "ver" a lua e a sua resposta deveria ser tão especial quanto fora a pergunta. O mundo parou um instante, enquanto procurava as melhores palavras para descrevê-la da melhor forma para a doce Simone. Naquele momento Jacqueline compreendeu porque aquelas crianças eram chamadas de "especiais".

Muitas coisas mudaram desde então em sua vida. Há alguns anos atrás, para ela, as crianças eram especiais, os livros eram mundos incríveis e os manuscritos podiam ser mágicos, pois com a sua varinha quase mágica ela podia tocá-los e fazer com que se tornassem livros, com uma história que pudesse emocionar a todos. Assim como os farrapos de Cinderela se transformavam no mais lindo vestido do baile para dançar com o príncipe encantado.

A magia que ela, como fada madrinha, podia fazer para todos aqueles manuscritos estava se perdendo e, à frente daquele contrato percebeu claramente o quanto havia se habituado à mesquinhez de Elênia e do mundo. Só então percebera que se estava habituando também à maldade de Elênia Giusti, que lhe parecia algo até normal.

Mas em tudo isso havia algo de ainda mais grave: Maria Jacqueline aprendera a satisfazer-se com muito pouco, quando a vida é generosa e quer dar sempre muito.

— Quero ser recompensada pelo meu esforço. Quero mais do que isso. Preciso mais do que isso. Mereço mais do que isso. E vou ter mais do que isso!

Esse documento mudou radicalmente o seu pensamento.

Verônica teria dito que havia mudado a sua energia, frequência e vibração. E a sua melhor amiga não estava assim tão enganada, pois Jacqueline mudaria também seu comportamento. Que por sua vez, a levaria a seguir por outros rumos.

As suspeitas de Jacqueline não eram infundadas. Aquele contrato, encontrado por acaso, era realmente muito rígido e o lucro dessa rede era ganho certo porque o valor concordado deveria ser pago impreterivelmente – como estabelecido no documento. A intuição da assistente mais uma vez foi certeira. A origem das violentas brigas entre a empreendedora e seu marido estava mesmo naquele documento.

Vez ou outra Elênia aparecia com o braço engessado, enfaixado ou com mangas compridas em pleno verão porque não havia conseguido alcançar a quantia pactuada e assinada. Quando isso acontecia, Henrique a "incentivava", a seu modo, a recuperar o valor prescrito. Elênia não podia denunciar a violência do marido porque também pertencia àquela sociedade, estando envolvida tanto quanto ele na situação.

O outro motivo, talvez o principal, pelo qual ela nunca o denunciaria é que ela suportava e mantinha essa situação para obter os altos ganhos que procurava; como advogado, o marido conhecia muito bem as leis e os modos para ludibriá-la, além de saber como agir em certos ambientes; ele era a pessoa que ela queria ao seu lado. Além disso, ela não perderia os lucros obtidos dos próprios livros com esta venda paralela, que de venda propriamente dita tinha bem pouco.

Na verdade, o sistema não se baseava em venda de livros – que nem eram vendidos – mas em uma alteração de algoritmos que, aglutinados e adulterados em uma sub-rede faziam com que os títulos que pactuassem o mesmo tipo de contrato disparassem em qualquer lista de mais vendidos.

Assim, os sacrificados eram os autores que, ignaros da existência de tal acordo, ganhavam apenas a pequena porcentagem da quantia de volumes que a diretora manipulava. O montante real arrecadado era dividido, primeiro, pelos autores do contrato e, em seguida, pelas editoras dos livros indicados na lista, constantemente revisada.

Esta lista variava muito dependendo da continuação do recebimento da parcela pactuada, sendo que os bons pagadores subiam sempre mais na classificação de vendas. A Só Letras ocupava os primeiros lugares. Desta forma, Elênia havia a vida que sempre quisera, embora tivesse que pagar de quando em quando para havê-la.

Outra forma de lucro era proveniente também da ilusão dos autores em ter o próprio livro publicado. Pouco, mas apenas o fato de ter vendido um "X" número de exemplares frutava-lhe o suficiente para continuar publicando novos manuscritos. Por isso publicava tantos títulos novos, sem contribuir em absolutamente nada além da publicação. Em sua ideia de lucros, bastava lançar um livro que ela já lucrava em todo o processo. Seu trabalho era produzir livros, e seu objetivo receber a compensação financeira pelo seu "trabalho".

— Eles querem publicar o que escreveram e eu faço exatamente o que querem. Não vejo nada de anormal nisso — disse à Jacqueline em uma de suas reuniões com todo o seu cinismo.

Realmente não haveria nada de anormal se houvesse uma relação transparente e honesta com seus autores. A lista de cópias vendidas que deveria ser enviada e paga a cada seis meses, como estipulado por contrato, nunca era enviada, e muito menos, paga. Quando ela o fazia, porque os escritores a solicitavam, recebiam um e-mail de literalmente duas linhas comunicando que não houvera vendas naquele período. Elênia chegava até mesmo a inserir um número qualquer (*"cópias vendidas: 20"*, por exemplo), sem documentação alguma que o comprovasse.

O tipo de comunicação causou suspeitas em Jacqueline, que também trabalhava com o e-mail da redação. Desta forma ela descobriu que o número das cópias de livros vendidos indicados pela diretora nunca correspondera ao valor exato das vendas reais.

Compreendeu o que ocorria com algumas comunicações enviadas a Rodrigo, cujo resultado de vendas do seu livro ela bem conhecia. Inútil dizer que o médico nunca conhecera a quantidade real de exemplares vendidos, pois nunca recebera documentação ou pagamento efetivo de tal valor, talvez nem mesmo um quarto do seu total. Aliás, nenhum autor viu o relatório oficial. Nem mesmo Dr. Rodrigo Antonielli, que com o seu "O sabor da alimentação saudável" atingiu um número suficientemente alto para mudar toda a vida da Só Letras e não apenas da editora.

Isto posto, tudo contribuía para o crescimento do Grupo Só Letras, que estava reforçado. Fácil intuir, porém, que a vida tenha mudado para Elênia inclusive legalmente. Com o passar do tempo ela passou a receber diversas ações legais dos autores solicitando a revisão do número de cópias vendidas.

De um modo ou de outro Elênia acabou por interessar-se cada vez mais pelo mundo da leitura – proporcionava grandes margens de lucros, se administrado de uma determinada maneira.

Quando alugou um pequeno apartamento de periferia, sem ter a mínima ideia sobre o tipo de atividade que nele desenvolveria, alguns anos atrás, nunca imaginara que havia feito uma boa escolha ao pensar em "produzir" livros.

ão poucas as vezes que Jacqueline entrava em uma livraria, e enquanto estava ali dentro o tempo cessava de existir. Aquele período (horas até, muitas vezes) parecia-lhe sempre apenas alguns minutos. O tempo passado por entre os livros mais vendidos e os desconhecidos passava muito rápido.

Nunca escondera sua paixão por Clarice Lispector, que sempre lhe enchia o coração com a beleza de suas poesias. Ao pegar o livro que lhe retratava o rosto na capa, com carinho, quase um afago, leu, incrédula, a página que se abriu em suas mãos.

XII

Renova-te.

Renasce em ti mesmo.

Multiplica os teus olhos, para verem mais.

Multiplica os teus braços para semeares tudo.

Destrói os olhos que tiverem visto.

Cria outros, para visões novas.

Destrói os braços que tiverem semeado,

Para se esquecerem de colher.

Sê sempre o mesmo.

Sempre outro.

Mas sempre alto.

Sempre longe.

E dentro de tudo.

Os livros falam. Realmente.

Jacqueline, naquele momento, compreendeu que deveria deixar de consumir todas as suas energias em preocupações para dedicá-las apenas ao que desejava fazer em sua vida porque a Só Letras não mais pertencia aos seus sonhos e planos.

Elênia havia percebido o seu destaque e tentou recuperar o espaço perdido na forma que era mais peculiar.

Também dessa vez Elênia imaginava que estivesse acontecendo algo com Jacqueline, estritamente conectada à vida da editora, com óbvios reflexos na sua. O seu progresso dependia também do bem-estar de sua assistente. Sendo assim, tentou aproximar-se, procurando-a até de modo insistente.

Contudo, a proprietária havia ultrapassado a sutil linha do limite, ou seja, a divisão entre o trabalho e a vida pessoal da assistente, obtendo o resultado contrário. Jacqueline nunca pactuou as extravagâncias de Elênia e nunca permitiu uma convivência mais aproximada entre ambas – e seu comportamento completamente invasor não fez mais do que aumentar o distanciamento que Jacqueline impunha a ela em seu mundo pessoal e no trabalho, que um dia fora toda a sua vida. Os livros para ela eram um modo de sonhar a vida e Elênia, com sua avidez, arrancou-lhe as asas. Ela precisava continuar sonhando.

No entorpecimento do despertar do sono profundo confundiu o despertador com o telefone que tocou às 2:30 da madrugada.

— Não me diga que estava dormindo...

— ãh... Elênia? O que houve? Bom... a essa hora estou sempre dormindo. Levanto cedo para trabalhar.

— Muito bem. Queria conversar com você sobre o Henrique.

— O que aconteceu de tão grave?

— A ex-mulher dele. Sabe que eu não acredito que eles terminaram? Para mim é só uma falsa separação.

O som de uma rápida sucção fez com que Jacqueline percebesse que Elênia estava fumando.

— Você já me disse isso...

— Para mim não é só uma questão de conservar uma boa relação pelos filhos. Eles ainda dormem juntos. Tenho certeza.

O fluxo das palavras que surgiam para manter viva a conversa era interrompido apenas pelas suas tragadas. Jacqueline quase não respondia. Aquela conversa, àquela hora da noite, havia superado todos os limites – da sua paciência.

Elênia, consciente, não se disturbava com os silêncios do outro lado da linha. Continuava confessando-lhe alguns segredos, que poderiam parecer "íntimos" apenas para demonstrar-lhe que a amizade entre elas era algo importante. Era muito hábil em burlar pessoas. De repente a empreendedora mudou o tom de voz.

— Sabe... eu conheço o teu modo de pensar. Eu sei porque já fui como você, ambiciosa, independente, ingênua e honesta.

— Ambiciosa? Por quê? Você deixou de ser ambiciosa? — melhor não comentar os outros adjetivos mencionados.

— Não. Não sou mais ambiciosa. Tudo o que tenho você sabe, é fruto de muito trabalho – meu e do Henrique, que tem lá os seus defeitos, mas todos nós temos. Mas não vou te falar mais nada sobre o Henrique, caso contrário vou passar a vida toda falando sobre ele... e isso não te diz nada.

— Não é que não me diz nada. Temos pontos de vista diferentes sobre o assunto.

— Pois é. Por isso mesmo melhor não falarmos mais sobre isso. Volte ao seu sono. Ah – amanhã você precisa conversar com a Jéssica. Não suporto mais os seus atrasos. Esteja antes das nove na editora. Duvido que ela seja pontual. Vai chegar com seus dez minutos de atraso, aquela cretina. Até daqui a pouco.

Jacqueline virou-se de lado, na sua posição mais confortável, e cobriu-se para dormir o pouco que lhe restava com a certeza de que, na verdade, Elênia tivesse ligado àquela hora porque queria falar de Jéssica.

Sem ter dormido bem, Jacqueline sabia que o dia que estava por iniciar certamente seria muito pesado, não só pelo que lhe aconteceu algumas horas atrás, na madrugada, quanto pelo que acontecia na editora, um dia depois do outro. Os dias agora lhe pesavam muito e a sensação de dias intermináveis e sem importância ou objetivo era cotidiana. Havia se tornado impossível para ela também suportar o caráter de Elênia.

As paredes da Só Letras começaram a ficar estreitas demais para acolher os sonhos de Jacqueline. Não havia mais espaço para ela na editora, porque com cada manuscrito transformado em livro ela sabia que estava pactuando e contribuindo com a consolidação daquele vil mecanismo. Era uma roda que não lhe pertencia porque andava contra todos os seus princípios. Ela, aquela roda, havia já parado. Precisava apenas de um lugar onde continuar acomodando seus sonhos.

Exatamente no dia que ela não via mais do que a nulidade de seu trabalho seu celular tocou mostrando a mensagem *"privado"*.

A voz feminina do outro lado da linha lhe falava com a delicadeza e a cordialidade do mais alto profissionalismo, em um nível ao qual não mais estava habituada. Quando a voz apresentou-se, ela não conseguiu pronunciar palavra alguma.

— D. Jacqueline, boa tarde. Sou Flora Menezes, a assistente de direção da Editora Sagar. O nosso diretor ficou positivamente impressionado com os livros publicados sob a sua responsabilidade, mas um em particular: "O sabor da alimentação saudável". Gostaríamos de tratar com a senhora um assunto que pode lhe interessar – é sobre um novo segmento que será implementado na nossa editora que, se aceitar, será todo seu. Sabemos que a senhora é muito ocupada, mas, se concordar, podemos marcar um horário para que possamos explicar-lhe os detalhes...

A pergunta não saiu o dia todo da cabeça de Jacqueline. Ouvia continuamente aquela voz que lhe proporcionara alegria quase incontrolável.

Editora Sagar. A mesma que, ainda criança, a fazia sonhar, imaginando como seria trabalhar dentro daquele grande prédio cujo símbolo verde tanto chamava a sua atenção quando lhe passava à frente, de carro com seus pais, para visitar seus avós. Queria trabalhar lá simplesmente porque sabia que ali dentro havia muitos livros.

Trabalhar na Editora Sagar sempre fora o seu sonho de menina. As meninas sonham com bonecas. Maria Jacqueline sonhava com livros. E esse sonho a estava levando muito longe, oferecendo-lhe a oportunidade de trabalhar em uma das maiores e mais importantes editoras do país. Belo esse sonho! Mas ela sempre soube que era belo! E agora esse sonho, até então inimaginável, poderia concretizar-se.

Trabalhar na Sagar era algo que ela nunca nem sequer havia ousado pedir, pensando ser uma aspiração grande demais para si mesma. Mas não existem objetivos grandes demais. Existe apenas a certeza de saber que se pode fazer o que quiser com a própria vida. Basta saber onde se quer chegar. A medida com a qual identificamos os nossos propósitos é a nossa capacidade de sonhar e de viver os nossos sonhos.

Toda a nossa vida está resumida em nossos pensamentos e na maneira como acreditamos que somos capazes de enfrentar a vida.

Jacqueline sempre acreditou no potencial do livro de Rodrigo. Ela lutou, porque a sua intuição era mais forte do que o pouco interesse de Elênia em publicá-lo. O livro foi realmente um sucesso, mudou a Só Letras, mudou Elênia e agora "O Sabor da alimentação saudável" estava mudando também a sua vida.

$$-\int-$$

Jacqueline estava pronta bem antes do horário marcado para a entrevista que poderia mudar completamente a sua vida – chegou à Sagar com a antecedência consagrada a um encontro importante com o futuro.

Estacionou seu carro na área dedicada aos visitantes notando as muitas vagas reservadas aos funcionários. Levantou o olhar e olhou para as janelas dos escritórios imaginando as pessoas que, dentro daquelas salas, estivessem trabalhando. Saiu do carro e fechou a porta com a sensação que poderia voltar a sonhar novamente.

O símbolo da editora, que sempre fora sinônimo de respeito em seus pensamentos, agora impresso no crachá de visitante carregado no peito, fazia-lhe sentir importante. Restituía-lhe aquela sensação perdida de trabalhar por amor.

Com dificuldade conteve a emoção quando entrou na recepção. Simples na aparência, pela dimensão e importância da editora. Maria Jacqueline sentou-se no sofá e nem percebeu o tempo que passou lendo e reconhecendo os muitos títulos das mais importantes publicações presentes nas prateleiras que as paredes exibiam com orgulho e que iluminavam todo o ambiente e seu coração.

Quando foi convidada a entrar na sala de reuniões já sabia que queria fazer parte daquele mundo. Aquele mesmo mundo onde ela, ainda pequena, sentia que era ali dentro onde gostaria de caminhar por toda a vida.

A reunião foi feita entre ela, o diretor da Sagar e seus dois assistentes. Após a conversação, profissional e muito amigável ao mesmo tempo, Maria Jacqueline respirou fundo e pegou sua caneta da bolsa para assinar o contrato com a certeza de que ela não precisava de tempo para iniciar a cultivar seus sonhos naquela árvore, o símbolo da editora. Ela, em um documento, assinou a sua liberdade inclusive para criar o projeto que sonhava e que estava tentando implementar no Grupo Só Letras, interrompido, porque a proprietária nunca compreendera a sua importância.

Naqueles dias Jacqueline não vivia para outro objetivo em sua vida que não fosse o seu segmento de livros infanto-juvenis. Faltavam apenas dois dias e alguns detalhes para mostrar ao mundo a sua nova coleção de livros.

Embora estivesse quase tudo pronto, para ela havia ainda muito por fazer. Sempre fora muito meticulosa e, se estivesse envolvida com o que estava fazendo, tornava-se obstinada. A voz do seu crítico interior era muito exigente, impertinente, até, nada perdoava, e as opiniões de aprovação e admiração pelo seu trabalho dos colegas e até mesmo da direção não a influenciavam.

Sentia o peso da sua grande responsabilidade. Aquele era o seu primeiro projeto para a mais importante editora do país, que ia muito além dos próprios limites brasileiros. Não queria desiludir, muito menos a si mesma, porque havia muito naquele trabalho

– havia o seu sonho. Trabalhara com a dedicação que a caracterizava e que representava todo o seu amor aos livros.

A apresentação do segmento dos livros infanto-juvenil de Jacqueline seria realizada em um amplo espaço dedicado aos eventos sociais na própria Editora Sagar. O espaço, de nicho, por ser frequentado pelos escritores mais famosos, era um dos mais disputados de toda a cidade de São Paulo por sua importância.

Jacqueline caminhava por aquele imenso salão sabendo estar no mesmo local que havia imortalizado muitos escritores importantes da literatura nacional. Suas paredes pareciam querer conservar a presença de todos aqueles homens e mulheres que, com suas palavras, imprimiram e continuavam imprimindo emoção e beleza na alma das pessoas com seus livros. Agora ela também havia o mesmo poder com o seu "Para gostar de ler".

O segmento fora inicialmente pensado para crianças a partir dos dez anos de idade, com livros que variavam desde a crônica, breve, concisa, simples e irônica, até à criatividade sem limite das histórias dirigidas aos pequenos leitores. Maria Jacqueline criou um segmento muito abrangente, capaz de acolher os mais variados interesses de meninos e meninas, transformados em histórias interessantes que visavam despertar a vontade de ler. Ler cada vez mais – o seu verdadeiro objetivo, que foi muito além da ideia inicial deste projeto.

As crianças que leem são mais interativas com o mundo, pois desenvolvem a atenção, a concentração, o vocabulário, a memória e o raciocínio, além da linguagem oral, para citar alguns benefícios. Ao hábito de ler não está prescrita nenhuma contraindicação. Apenas enormes benefícios. E desenvolvê-lo era mais do que o seu trabalho. Era a sua real vocação.

Jacqueline havia feito um enorme trabalho em apenas alguns meses, criando também um laboratório de leitura, onde os autores deste segmento encontravam-se periodicamente com os "pequenos" leitores.

Nesses encontros, além do tempo dedicado às leituras, os frequentadores desse grupo eram incentivados a desenhar as cenas dos livros com um escopo bem definido: os melhores desenhos seriam inseridos na sucessiva edição, já antecipada e aprovada, sob a responsabilidade de Cecília Menegheli. Jacqueline sempre considerou a ex-colega de trabalho uma maga do desenho gráfico artístico. O seu trabalho enriquecia muito toda a sua coleção.

Quando soube que teria total liberdade para o seu segmento, Maria Jacqueline solicitara à administração da Sagar para trabalhar com a capista designer que fora obrigada por Elênia a demitir-se. Ficou muito satisfeita quando soube que Cecília aceitara a proposta de trabalhar mais uma vez com ela na mesma editora.

O primeiro desenho escolhido para ser publicado foi de Gustavo Leite, um dos meninos mais ativos e criativos desses encontros, que aos quinze anos teve seu primeiro livro publicado. A sua habilidade em desenhar o levou a criar uma série de desenhos que deram vida ao que seria transformado em um livro todo seu, publicado no interior do segmento "Para gostar de ler" idealizado, realizado e assinado por Maria Jacqueline Pellegrini. A repercussão foi tão grande que a editora decidiu criar uma revista em quadrinhos com os desenhos de Gustavo Leite e seus personagens.

Além do enorme espaço dedicado aos jovens estava também em projeto a realização de outro segmento de livros para crianças menores – de sete a dez anos, – que seria realizado da mesma forma, ou seja, com o envolvimento das próprias crianças em sua criação, também sob a responsabilidade de Jacqueline.

O forte murmúrio das pessoas presentes na noite de autógrafos de seu segmento aumentava ainda mais a sua emoção. Jacqueline fez uma pequena série de longos respiros com respiração diafragmática para manter a calma necessária para coordenar o evento de seus sonhos.

Contava com um grupo de pessoas em quem aprendeu a confiar, todos presentes. O resultado de tanta fadiga daquele trabalho de esquadra estava para ser concretizado. Não faltava nem quem mais havia contribuído com os desenhos do novo projeto da editora: os adolescentes, os verdadeiros protagonistas, cuja presença incutia ainda mais esperança ao evento: toda uma geração estava sendo preparada para ler e gostar de ler, assim como queria a mulher que havia se tornado influente também na Sagar.

Jacqueline estava sentada à mesa ao lado dos autores da coleção, além do diretor da editora, Santiago Del Castro.

O Sr. Del Castro estava iniciando o seu discurso de apresentação, comentando orgulhosamente o trabalho dos "colaboradores mirins", quando um homem, entrando com passos firmes, capturou a total atenção de Jacqueline.

Por um momento ela esqueceu de respirar para observar quem parou para permanecer em pé ao lado da coluna esculpida logo à entrada.

Rodrigo sorriu-lhe e continuou olhando-a. Ela respondeu-lhe com um leve, mas inconsciente movimento de todo seu corpo. Desviou o olhar sem conseguir impedir que seus olhos a ele retornassem continuamente. Retornou em si mesma e ao evento somente alguns instantes depois.

Quando o Sr. Del Castro encerrou o seu discurso para dar continuidade à segunda parte do evento, agradecendo pessoalmente o trabalho realizado por Jacqueline e sua equipe, todos naquela mesa se levantaram. Rodrigo Antonielli foi ao encontro da pessoa mais importante da noite.

— Parabéns, Jacqueline! Quero lhe dar os meus sinceros parabéns pela sua coleção. O seu amor aos livros a conduziu a uma estrada muito importante. Você agora é famosa.

— Muito obrigada, Rodrigo. É uma grande surpresa vê-lo aqui, hoje...

— Te procurei várias vezes, mas você nunca respondeu às minhas mensagens...

— Trabalhei muito, como pode imaginar...

— Temos muito para conversar, Jackie. Eu nunca deixei de pensar em você um só minuto...

— Nem quando estava com Louise Bresson?

— Não. Não estávamos juntos. Eu a conheci quando havia acabado de me divorciar – e ela também. Foi apenas um encontro, nada mais do que isso.

— Me parece que não foi bem assim para ela.

— Nunca foi importante para nenhum dos dois e eu nunca fiz

parte de sua vida. Agora ela está casada com o diretor de outro hospital; ela procura apenas ascensão social. Mas eu quero falar e saber de você... como está?

— Isto te importa?

— Claro que me importa, Jacqueline! Me importa porque eu te amo.

Jacqueline não respondeu. Permaneceu em silêncio não apenas porque a sua surpresa foi total, mas porque queria ouvir mais. Queria ouvi-lo, mais do que nunca.

— Compreendo se não disser nada agora. Mas saiba que eu não vou deixar você ir embora dessa vez... não vou desistir do "nós" que somos e que tenho certeza que seremos. Assim como tenho certeza do quanto quero ser feliz ao teu lado. Você só precisa me dar uma chance...

— E por onde iniciamos?

— Hummm... vamos ver... você quer casar comigo, Jacqueline? Podemos começar assim, o que você acha?

— Rodrigo!...

— Ou você quer que eu vá até o microfone anunciar que a brilhante Jacqueline vai se casar em breve? Eu vou!...

E deu apenas um passo antes que Jacqueline o segurasse pelo braço, sorrindo. Mas seus olhos já o viam com outra luz.

— Rodrigo, espere...

— Eu sei... você está na sua noite mais importante – afinal, acabou de entrar no mundo importante da literatura e dos livros. Eu não faria nada que pudesse estragar a tua noite. Não faria isso nunca, mas se você me disser "não" eu subo naquele palco e...

— E por que você acha que eu vou dizer "sim"?

— Por que teus olhos me dizem isso... você não pode mentir a si mesma! Agora volte aos seus livros e ao seu momento mágico, mas quando essa noite encantada de conto de fadas terminar, e quando retornar à vida real, você voltará para mim, para ficar comigo. E é melhor começar a habituar-se, porque isso vai durar muito tempo...

Rodrigo deu um beijo no rosto de Jacqueline.

— Agora você precisa ir. Vá e aproveite, porque a noite é só tua. Eu estou aqui para continuar ao teu lado. Te espero para seguirmos juntos e vivermos a história mais linda, escrevendo de mãos dadas o livro das nossas vidas no mesmo caminho.

— No "Caminho de Luz"?

— Exatamente. No "Caminho de Luz", que quando tatuei essa frase no meu peito eu já sabia que viveria com você ao meu lado antes mesmo de te conhecer...

— Preciso ir. Mas me espere...

Jacqueline retornou ao evento que celebrava muitas alegrias profundas ao mesmo tempo para ela, sem cansar de olhar com carinho para o símbolo verde, o mesmo que admirava quando criança, ainda conservado em suas lembranças, agora impresso sob o seu nome nos livros da nova coleção. Quando pequena, não poderia imaginar quão alto aquele símbolo lhe permitiria voar: ela, a partir de então, também pertencia ao mesmo grupo de escritores que iluminavam a alma das pessoas.

Se a deixava curiosa, quando criança, imaginar como seria o trabalho desenvolvido nas salas daquele prédio que tanto tocava o seu coração, agora o conhecia perfeitamente e não apenas isso: restituíra-lhe as asas para voar, como adulta, na liberdade de poder realizar mais do que um sonho, aquilo que considerava a sua verdadeira missão de vida.

Havia um enorme projeto em suas mãos – aproximar os jovens aos livros. A sua responsabilidade era grande, mas o seu sonho era muito maior. Não seria difícil contagiar as pessoas para que também amassem os livros tanto quanto ela. Incentivar o amor à leitura, de agora em diante, era a sua profissão. Ela, que queria apenas estar no meio de livros, o seu grande desejo.

O desejo daquela menina que sempre sonhou com livros.

Índice

Título original:
A menina que sonhava com livros

Tradução para o italiano:
La ragazza che sognava i libri
Por Sandra Bianconi

.

Obras da autora:

Título original:
A escolha – Santiago no Caminho

Tradução para o italiano:
La scelta – Santiago nel Cammino
Por Sandra Bianconi

Finalista em dois Concursos Literários Internacionais:
"Premio Letterario Internazionale Città di Como",
em 2018, e "Concorso Letterario Internazionale Samnium"
em 2021.

* 9 7 8 6 5 0 0 2 1 6 9 8 1 *